총과 바이올린

태기수 희곡집

작가의 말

<물탱크 정류장>은 2010년 출간한 장편소설을 각색한 작품이다. 2013년 남산예술센터 공동제작 작품으로 선정돼 그해 여름에 공연(이강선 연출)했는데, 완성도 면에서 여러 모로 아쉬움이 많았다. 책에 실린 작품은 이 대본을 다시 쓰는 기분으로 개작한 것이다. 메타소설 형식을 접목한 실험적인 시도로 새로움을 더한 점이 대본에서 크게 달라진 부분이다.

<우리는 지금 어디로 가고 있는가>도 2010년 발표한 단편소설 <모르모트 인간>을 각색한 작품이다. 단편의 서사 구조를 장편으로 확장시켜 희곡 형식으로 풀어낸 작품으로 보면 될 것 같다. 아쉽게도 아직 무대에 오를 기회를 얻지 못했지만, 희곡집으로나마 선보일 수 있게 되어 다소 위안이 된다.

<총과 바이올린>은 '변절자'로 비난받는 안중근 의사의 차남 안준생을 주인공으로 내세운 작품이다. 실제 인물과 사건들이 등장하지만, 많은 부분 허구적 설정으로 빚어낸 일종의 팩션(faction)이다. 스튜디오 반 창단 10주년 기념작으로, 2017년 대학로 상명아트홀 2관에서 공연(이강선 연출)되었다. 올해 12월 대학로예술극장 대극장에서 재공연을 하는 걸로 일정이 잡혀 있는데, 초연 당시의 문제점을 보완하여 보다 완성도 높은 공연으로 완성되기를 기대해본다.

2019년 5월 태기수

차례

태기수 희곡집

총과 바이올린

총과 바이올린

등장인물

안중근 : 31세

이토 히로부미 : 60대 후반

안준생 : 33세, 안중근의 차남.

이토 분키치 : 40대 중반, 이토 히로부미의 아들

하야시 쇼지 : 50대 중반, 총독부 외사경찰

은령 : 정체불명의 여성 비밀요원

김아려 : 60대 초반, 안준생의 어머니

이토 분키치의 비서

한국인 밀정

목소리1,2,3, 그리고 매일신보 기자, 재판관, 검찰관 등의 목소리

시간 : 1910년 2월 안중근 재판 당시,

　　　그로부터 30년 뒤 안중근의 차남 안준생의 시간

무대

무대 뒤편 벽면에 둘러친 샤막에 사진자료와 영상을 띄우는 것으로 시대를 재현한다.

이 막은 과거를 비추는 거울이며 이승과 저승의 경계를 상징한다.

죽은 자들이 산 자들의 세상에 출몰하는 통로이자,

산 자가 샤막 너머 죽은 자들과 대면하는 잠재의식의 거울이기도 하다.

샤막 바로 앞 중앙에 재판장 석, 양 옆으로 기다란 단상 두 개가 설치되어 있다.
제단처럼 보이기도 하는 단상. 왼쪽 단상은 이토 히로부미의 제단이나 발언대로 활용되며,
오른쪽 단상은 안중근의 제단이자 발언대이다.

극이 진행되는 동안 무대에서 두 건의 재판이 벌어질 것이다.
안중근에게 사형선고를 내리는 일본 형사법정의 재판,
또 하나는 변절자 안준생의 죄를 판가름하는 역사 의식의 재판이다.
따라서 무대의 전체적인 분위기가 법정처럼 느껴져야 하며,
관객들 역시 재판정에 와 있는 듯한 기분이 들었으면 좋겠다.
무대 앞 왼쪽에 낡은 탁자와 삐걱거리는 목재 의자 두 개,
오른쪽에 고급스런 탁자와 의자 네 개 놓여 있다.

* 이 극은 프롤로그와 에필로그, 7개의 장 등 9개 상황으로 구성된다.
  각 상황이 한 편의 단막극처럼 펼쳐지며,
  바이올린 음악 또는 총성이 상황과 상황을 잇는 연결고리가 된다.
  각 장의 제목을 자막으로 샤막에 띄운다.

프롤로그

어둠. 비장한 선율의 바이올린 소리와 함께 뒤편 샤막에 은은하게 번지는 조명.
샤막에 먹물처럼 번진 두 개의 그림자, 거대하고 위압적이다.

샤막에 안중근의 이토 히로부미 암살 당시의 사진자료가 떠오르자마자,
일순 샤막을 뚫고 나오는 안중근과 이토 히로부미.
안중근은 브라우니 권총을 손에 쥐었고 이토는 지팡이를 짚고 있다.
이토를 겨누고 방아쇠를 당기는 안중근, 연이어 울리는 세 발의 총성.
저격을 당하고도 끄떡없이 서있는 이토.

다른 표적을 향해 세 발을 더 쏘는 안중근.

샤막에 떠오른 또 다른 사진, 검찰관이 안중근을 심문하는 장면이다.

안중근과 이토, 각자의 제단에 올라 관객석을 향해 선다.

웅성거리는 법정.

"모두 조용!"

법정경위의 날카로운 외침과 함께 재판이 시작된다

검찰관(목소리) 이토 공작을 사살한 이유가 뭔가?

안중근 10여 년 전, 한국의 황후를 살해한 죄!

이토 민비 시해? 그건 미우라 공사가 멋대로 저지른 짓이다. 난 전혀 몰랐어.

안중근 (이토에게) 한국의 황제를 허수아비로 만들고 군대를 해산시킨 죄 또한 크다.

이토 고종은 조선이 문명국으로 가는 데 걸림돌이 될 뿐이야.

안중근 동양의 평화를 깨뜨린 죄. 내가 널 죽여야만 했던 가장 큰 이유다.

이토 뭐라고? 그것만은 결코 인정할 수 없다.

  난 동양의 자립과 평화를 위해 전력을 다해왔어.

안중근 아니. 네놈이 말하는 동양평화는 간사한 계략에 불과하다.

  넌 을사5조약과 정미7조약을 강압적으로 체결하여 우리 국민을 기만했어. 그뿐인가. 황제를 강제로 퇴위시키고 황후를 살해하는 등 방약무인한 행위를 수없이 자행했기에 우리 2천만 국민은 네놈을 원수처럼 여기게 된 것이다.

이토 내가 2천만 조선인들의 원수라고?(사이) 오, 이제 알겠구나.

  네놈의 그런 망상이 동양평화의 수호자였던 나를 살해하고 만 거야.

안중근 수호자?(경멸의 웃음) 이토 넌, 서양 제국주의의 하수인에 불과해.

  이제 네놈이 사망한 이상, 이후 일본은 충분히 한국의 독립을 보호하여

실로 한국은 부강해질 수 있을 것이며,

그 밖의 동양 각국의 평화 또한 유지될 거라고 생각한다.

이토 어리석은 놈! 내가 죽음으로써 동양은 다시 위기에 직면하게 될 것이다. 생각해봐라. 조선과 청나라가 일본의 보호 하에 상호협력하며 자강의 길을 걷는다면, 동양도 서양과 나란히 공존하며 평화의 길을 모색할 수 있다. 내가 걸어온 길은 오직 그걸 위해서였단 말이다. (으르렁대듯) 이 죽일 놈아!

안중근 네놈 주장은 악마의 혀가 홀리는 달콤한 술책에 불과해.

재판장(목소리) 피고는 도마라는 세례명을 받을 만큼 독실한 천주교 신자라고 들었다. 한데 어쩌다 살인이라는 악행을 저지르고 말았는가? '원수를 사랑하라'는 성경의 가르침도 있지 않은가?

안중근 물론 성경 말씀은 내게 가장 큰 고뇌의 불씨를 안겨주었소. (단호하게) 하지만, 일제의 핍박에 신음하는 동포들을 보면서 국가 앞에는 종교도 없다는 결론에 도달했소. 국가에 헌신하며 군인의 본분을 다하는 것, 그것이 나의 종교가 된 것이오. 이보시오, 재판장! 나의 거사는 적과 적이 맞서 싸우는 전쟁터에서 벌어진 일이오. 재판장 당신이 군인이라고 가정해봅시다. 당신 손에 총이 들려 있는데, 당신 앞에 적의 수장이 나타났소. 이제 어쩔 테요? 군인의 본분을 다하기 위해 방아쇠를 당겨야 하지 않겠소. (힐책하는 눈빛) 그걸 살인이라고 할 수 있을까?

재판장(목소리) 그 눈빛 거두시오. 살인죄에 법정모독죄까지 추가하고 싶은가?

검찰관(목소리) (귀엣말하듯 낮은 어조로) 어이, 개인적인 원한으로 이토 공작을 사살했다고 해. 그럼 사형을 면하게 해주기로 약속돼 있어.

안중근 어찌 전쟁 중에 적을 사살한 걸 사사로운 개인의 살인으로 몰아가려 하는가. 나는 의병장으로서 독립전쟁을 하다 적군에 의해 포로로 잡혀온 거란 말이다.

(강한 어조) 대한의병 특파독립대장인 나를, 일개 자객으로 몰아세우지 마라.

이토 가소롭구나. 테러범 따위가 감히 독립전쟁의 영웅 자리를 넘보다니.

의병은 테러 집단에 불과해. 네놈은 테러 집단이 파견한 자객임이 분명하다.

안중근 이토, 이 도적놈아! 어디서 감히 도적의 무리에 맞서 일어선 의병을 테러 집단으로 매도하는가.

네놈이야말로 서양의 침략 정신으로 무장한 사무라이 자객이 아니더냐.

(지팡이 보며) 그 지팡이에도 사무라이의 칼을 숨기고 있는 건 아니겠지?

이토 이 몸은 사무라이 정신에 토대를 두고, 서양문명을 동양에 이식시키기 위해 신문명의 길을 트는 사무라이가 되어야 했다.

그것만이 서양에 맞서 동양의 자립과 평화를 지킬 수 있는 유일한 길이었으니까.

이토가 손잡이를 당기자 지팡이에서 사무라이의 칼이 뽑혀 나온다.

이토 (격하게) 이 살인자! 네놈도 내 칼에 죽어야만 했어. 이제라도 내 칼을 받아라.

안중근 미친 칼잡이 노인네! 그 칼은 서양제국주의의 총, 대포와 다름없다.

이토, 칼끝을 안중근에게 겨눈다.

안중근도 그에게 총을 겨눈다.

이토 (두 손으로 칼 부여잡고) 사무라이처럼 장렬한 죽음을 맞고 싶었건만….

안중근 넌 개처럼 죽어 마땅해. 제국주의의 개가 아니냐?

이토 이런 개새끼가….

이토가 칼을 휘두른다.

가볍게 피하는 안중근.

검찰관(목소리) 계속 그렇게 자신이 테러범임을 인정하지 않겠단 말인가?

안중근 다시 말하지만, 나는 대한의병 참모중장 자격으로 적장을 응징한 것이다. 따라서 일본형법이 아니라 국제인도법에 따라 재판이 진행된다면, 적을 사살한 나의 행위는 정당방위로 판결날 것이다.

다시 한 번 요구한다. 나 안중근을 일본법정이 아닌 국제재판소에 세우라. 국제법에 의해 포로로 대우하라!

이토 이봐, 재판장! 언제까지 저놈의 뻔뻔한 수작을 받아줄 텐가?

저놈이 망나니 자객에 불과하다는 사실이 만천하에 드러났거늘….

검찰관(목소리) 존경하는 재판장님, 피고 안중근에게 사형을 구형하는 바입니다.

대일본제국을 상대로 테러를 일삼은 조선인 자객이 전쟁 영웅으로 떠오르는 것만큼은 막아야 하지 않겠습니까?

이토 (재판장 석으로 향하며) 사형이다! 저 자를 교수형에 처하라. 시신도 태워 없애버려. 가족 누구도 시체를 찾을 수 없도록 묘지의 흔적까지 철저히 지워라.

재판장(목소리) (이토에게 쫓기듯 서둘러 말한다) 피고가 이토 공을 살해한 행위는 그 결의가 개인적인 원한에서 나온 것이 아니라고 하더라도, 치밀한 계획 끝에 감행한 것이므로 살인죄에 대한 극형을 과하는 것이 지당하다고 믿고, 피고 안중근을 사형에 처한다.

이토, 재판장 탁자에 놓인 법봉을 들고 땅! 땅! 땅! 친다.

안중근 이게 재판이냐. 그러고도 너희 일본이 문명국임을 자처할 수 있겠는가?

안중근 머리 위에서 교수대의 올가미가 내려온다.

준생의 집, 김아려에게 조명 비춘다.

3살 아이 준생을 품에 안고 기도하는 김아려.

안중근 예수를 찬미하오.

우리들은 이 이슬과도 같은 허무한 세상에서 천주의 안배로 배필
이 되고 다시 주님의 명으로 이제 헤어지게 되었으나, 또 멀지 않
아 주님의 은혜로 천당 영복의 땅에서 영원에 모이려 하오.

많고 많은 말은 후일 천당에서 기쁘고 즐겁게 만나보고 상세히
이야기할 기회가 있을 것으로 믿고 또 바랄 뿐이오.

큰아들 분도에겐 하늘의 길을 여는 신부가 되라 이르고, 아비 얼
굴조차 모르는 어린 준생에게도 이 아비의 뜻을 잘 전해주오.

(사이) 대한독립 만세. 동양평화 만세. (눈을 감는다)

사형대의 발판이 푹 꺼지는 소리와 함께 암전.

어둠 속에서 울리는 준생의 울음과 김아려의 흐느낌.

붉은 조명이 뒤편 샤막을 희미하게 밝힌다.

안중근과 이토, 붉게 타오르는 샤막을 향해 걸어간다.

일본 엔카를 연주하는 바이올린 소리 울린다.

1장. 피에로

어둠. 빗소리와 함께 울리는 바이올린 연주.

음악소리 점점 커지며 무대 밝아지면,

얼굴에 피에로 분장을 한 준생이 하야시 앞에서 연주하고 있다.
식탁에 앉아 있는 하야시 쇼지. 그 앞에 보자기로 싼
나무도시락 하나 놓여 있다.

여리고 슬프고 고독하고 지친 인상을 보이는 준생.
후줄근한 양복, 하얀 셔츠 깃에 맨 붉은 나비넥타이,
바지는 바닥에 끌릴 정도로 길다.

조각용 칼로 목각인형을 깎고 있는 하야시.
반백의 머리에 검은 콧수염을 길렀고,
안경 낀 얼굴은 온후해 보이지만, 가늘게 뜬 눈매가 깊고 예리하다.
번들거리는 이마와 콧등, 조끼주머니에 늘어진 회중시계 줄도
금빛으로 번들거린다.

하야시 (무심하게, 계속 인형을 깎으며) 그 곡 말고, 내가 부탁한 곡을 켜보라니
까.

준생 곡은 쓰지 못해요. 나는 악사이지 작곡가가 아닙니다.

하야시 자네가 작곡도 한다는 걸 내가 모를 것 같은가?

준생 아마추어 수준입니다. 그저 취미로 몇 곡 끼적여 봤을 뿐.

하야시 자네는 원곡을 자유롭게 변주하고 있어. 분명한 작곡가의 재능이지.
놀라운 일이야. 용맹한 호랑이의 후손이 귀뚜라미여치의 재능을 타고
나다니.
신의 섭리라고 하기엔, 얄궂은 조화 아닌가.

준생 그저 빌어먹기 위해 예술을 흉내 내고 있을 뿐입니다.

하야시 겸손이 지나치군.
자네가 그 어떤 가리개로 위장한다해도 타고난 재능의 빛을 완전히 가
릴 순 없지. 누군가는 반드시 알아보게 돼 있어.

준생 잘못 보셨습니다.

하야시	(손동작 멈추고 빤히 쳐다보며) 앉게.
준생	(난처하다는 듯) 아뇨. 다음 연주 장소로 가봐야 합니다.
하야시	안 가도 될 걸.(턱짓으로 카운터 가리키며) 전화해 보면 알 거 아닌가.

카운터로 가서 전화 통화 하는 준생. (*마임 동작)

통화 마치고 와서 하야시를 노려본다.

하야시	계속 서있을 텐가?
준생	무슨 짓을 한 겁니까?
하야시	내가 뭘?
준생	지배인이 계약을 취소하겠다는데….
하야시	그런 일이야 흔히 있는 거 아닌가.(사이) 앉지.
준생	싫습니다.
하야시	앉으라니까!

마지못해 앉는 준생.

하야시	(입가에 노회한 미소) 자네… 갈수록 피에로 다워지는군.
준생	(불퉁스레) 피에로니까요.
하야시	이 친구야, 그럴 거면 서커스 단원이 되지 그랬나.
준생	어차피 사는 게 서커스 아니겠습니까.
하야시	이제 자네도 프로무대에 진출해봐야 하지 않겠나. 서커스 말고 예술을 하라고.
준생	무대 체질이 아니라서….
하야시	서커스는 무대 아닌가? 내 말은 좀 더 큰 무대에 서보자는 걸세.
준생	살기 위해 연주하는 무대, 내가 설 무대는 그것뿐입니다.
하야시	살기 위해, 더 큰 무대에 올라야 하지 않을까?

준생	누구나 자신의 격에 맞는 무대가 있죠. 그 이상을 넘보면 사기꾼이 되는 겁니다.
하야시	잘은 모르지만, 어차피 예술이란 사기와 비슷한 거 아닐까. 예술가란 자들은 예술의 월계관을 쓰고 대중을 현혹하지.
준생	예술을 그런 식으로 이해하십니까?
하야시	자네 머리에 그 월계관을 씌워주겠단 말일세.
준생	하야시 상! 예술은 올림픽이 아니지 않습니까. 피에로 악사에게 그런 월계관은 우스꽝스러운 치장일 뿐이죠.
하야시	예술을 하는 데 있어 최고의 재능은 그럴 듯한 위장과 포장 아니겠는가? 그런 점에서, 때론 정치가 예술이 될 수도 있지.
준생	지금 내게 그런 정치적 예술을 강요하는 거라면, 무조건 사양하겠습니다.
하야시	허! 가끔 말야, 자네가 진짜 안중근의 아들이 맞나 싶을 때가 있어. 자네 아버지는 담대하고 용맹한 영웅이 아닌가.
준생	진정 그리 생각하십니까?
하야시	난 일본인으로서 마땅히 이토 공작을 존경하지만, 안중근 또한 존경한다. 어쩌면 이토 공작보다 안중근을 더 존경하는지도 모르지. 유감스럽게도….
준생	위험한 말씀 아닌가요? 총독부의 맹견으로 유명한 하야시 경부께서 그런 말씀을 하시다니요.
하야시	(역정을 낸다) 어이! 나 경찰 그만 뒀다니까. 난 이제 상해 거주 일본인들을 위해 일하네. 거류민단 회장이라고.
준생	그런 분이 왜 우리 가족을 감시하십니까?

하야시, 목각인형을 준생 바로 앞에 세운다. 거의 완성된 것처럼 보인다.

하야시	어떤가. 내가 요즘 목조각에 취미를 붙였어. 다음은 자네를 조각해보고

싶군.

준생   (분노를 삭이며, 경멸이 스며든 목소리) 참으로 고상한 악취미를 지니셨습니다.

하야시   잘 들어, 안준생. 난 어디까지나 널 보호하고 있는 거다. 감시가 아니라고. 내가 자네 가족 뒤를 봐주지 않았다면 지금까지 무사할 수 있었을 것 같나?

       내가 뒤를 봐주지 않았다면, 자네가 어찌 이런 고급 식당에서 바이올린 연주로 밥벌이를 할 수 있었을까?

       (보자기 도시락 준생 앞으로 쓱 밀며) 어머니 건강은 좀 어떠신가? 잘 모셔야 하네.

준생   뭡니까, 이건?

하야시   잔칫집에 들렀는데 문득 자네 어머니가 떠오르더군. 이것저것 좀 챙겨왔네.

준생   이제 그만 하시죠, 이런 유치한 짓.

하야시   난 내게 주어진 책임을 다하고 있을 뿐이야.

준생   어떻게 그게 당신 책임입니까?

하야시   물정 모르는 소리. 내 보호 없이 자네 가족 안전이 보장될 수 있다고 보나?

준생   보호가 아니라 보호로 위장한 감시 아닙니까?

       모든 길을 막아 놓고 한 길로만 가도록 우리 가족을 몰아댔지 않습니까? 친일의 길.

       내 말이 틀렸습니까?

한야시   틀렸다. 다시 생각해 봐. 그 길을 걷지 않았다면, 네놈이 살아남을 수 있었을까?

       넌 생사의 갈림길을 걸어왔어. 네 형 안분도의 죽음을 잊었느냐?

                                                              사이.

16

준생	(울분어린 목소리) 형님… 아버님이 신부로 키워달라는 유언을 남기셨다는데… 일곱 살 때, 웬 낯선 자가 준 과자를 먹고 쓰러져….
하야시	필시 독이 든 과자였겠지.
준생	아버님이 사형 당하고 2년 뒤에 벌어진….
하야시	복수… 이토 공을 추모하는 밀정이 저지른 짓임에 분명하다. 난 자네마저 그리 될까봐 노심초사해 왔어. 널 군이 무대에 세우려고 하는 것도 그 때문이다.
준생	무대라뇨? 무슨 무대 말입니까?
하야시	곧 조선 박문사에서 이토 공작 서거 30주년 추모음악회가 열린다.
준생	박문사라면 이토의 위패가 있는 사당 아닙니까? 아무튼 나와는 상관없는 일입니다.
하야시	잘 생각해 봐. 네가 그 무대에 서기만 하면, 안중근에 대한 원한이 아들인 너에게까지 뻗치는 걸 막을 수 있다.
준생	그건 내 이마에 돌이킬 수 없는 변절의 낙인, 반역의 낙인을 찍는 겁니다.
하야시	내선일체의 세상에서 어찌 친일이 변절이 될 수 있는가. 그게 어찌 반역이 될 수 있단 말이냐?
준생	명백한 반역입니다. 피에로로 분장으로도 가릴 수 없는….
하야시	그래서 피에로의 가면을 써야 했단 말인가. 황국신민의 가면으로 바꿔 쓰게. 그리고 무대에 서는 거야. 지금의 자네로선 그게 살길이라고.
준생	지금의 나로선, 한국인도 일본인도 될 수 없습니다.
하야시	그럼 자넨 어느 나라의 국민인가?
준생	난 그저 피에로 악사일 뿐입니다.
하야시	피에로 악사가 사는 나라의 왕은 누구인가?
준생	왕 없는 나라의 피에로, 아버지 없는 나라의 피에로입니다.
하야시	아버지 없는 나라? 망상이다. 정신 차려, 안준생!

준생	(발끈한다) 이봐요, 하야시 상!
	벌써 내가 친일매국노라는 소문이 파다해요.
하야시	바보들이다. 일본과 조선이 내선일체로 하나 된 지가 언젠데,
	아직까지 친일매국 타령인가.
	동양 유일의 문명국인 일본을 등에 업고 힘을 기를 생각들을 해야지.
	자네도 날 이용해먹을 생각을 좀 하라고.
	곡을 써. 내가 예술가로서의 미래를 열어주겠다.
준생	추모곡을 쓰라고 하셨죠?
하야시	그렇다.
준생	대체 누굽니까, 내가 추모해야할 대상이.
	누군지도 모른 채 그를 추모하는 곡을 쓰라는 게 말이 됩니까?
하야시	벌써 30년이 흘렀군. 이토 공작께서 자네 아버님 총탄에 가신 게….
준생	(발그레 붉어진 낯빛, 신음하듯) 이토 히로부미…
	나더러 이토의 추모곡을 쓰란 말인가? 그런 겁니까?

갑자기 빗소리 커지며 천둥소리 울린다.

하야시	(딴전부리듯) 가을장마가 사나워지는군.
준생	(초조하고 불안한 목소리) 아냐. 아니겠지.
	아무리 하야시라도 내게 그런 요구를 할 순 없어.
하야시	(강압적으로) 그렇다. 넌 그 곡을 추모음악회에서 연주해야돼. 오늘의 결론이다.

불안하게 서성거리다 우뚝 멈춰서는 준생. 처참하게 일그러진 표정.

때마침 신문 뭉치를 옆구리에 끼고 들어서는 은령, 입구에 서서 빗물을 턴다.
비닐을 어깨에 망토처럼 두르고 모자를 눌러쓴 모습. 10대 소년처럼 보인다.

동전을 꺼내 흔들며 은령을 부르는 하야시.

돈을 받고 신문을 건네는 은령.

하야시 (수상쩍은 눈길로) 왜 네가 왔지? 난 다른 녀석에게 말했는데… 보급소에 신문 오거든 꼭 여기부터 배달하라고.

은령 (고개 연신 꾸벅이며) 오늘부로 제가 이 구역 담당이에요. 잘 부탁드립니다.

하야시, 여전히 미심쩍은 표정으로 어서 가라고 손짓한다.

얼쩡거리다 슬그머니 뒤로 빠지는 은령, 슬쩍 돌아보는 눈매가 예리하다.

하야시 (신문을 준생 앞에 펼쳐 보이며) 보게. 이토 공작 서거 30주년 기념 연주회라… 출연자 명단에 낯익은 이름이 올라 있군.

손가락으로 짚어가며 기사를 읽는 준생.

하야시 그 밑에 명단을 보라고.

준생 (자신의 이름을 확인하고) 이 안준생이 설마 저는 아니겠지요?

하야시 맞다. 너 안, 준, 생.(기다렸다는 듯 계약서 꺼내 내밀며) 사인하시게. 자네 매니저 역할을 해보고 싶군. 진심으로 하는 말일세.

준생 도대체 어떻게 이런 기사가 나온 겁니까? 난 이따위 무대에 서겠다고 한 적이 없어요.

하야시 이따위?

준생, 계약서를 찢어버린다.

예상했다는 듯 다른 계약서를 꺼내 자신이 직접 사인하는 하야시.

준생	(두 손 펼쳐 보이며) 하야시 상! 내 손 여기 있습니다.
	왜 당신 손이 내 손 노릇을 하는 걸까요?
하야시	네 손이 해야 할 일을 내 손이 대신했을 뿐이다.
준생	내 손이 한 일이 아니므로, 당연히 그 계약은 무효입니다.
하야시	계약은 성립되었다. 그 기사를 보고도 모르겠느냐?
준생	정정 보도 요청할 겁니다. 명백한 오보 아닙니까?
하야시	그렇겐 안 될걸? 내 입은 너의 입도 대신할 수 있다.
준생	(입 내밀며) 가져가시오. 혀라도 빼드릴까? (혀 내민다, 조롱하는 것처럼 보인다)
하야시	(고개 내저으며) 그 혀를 조심해.
	지금 널 해칠 수 있는 가장 위험한 흉기는 바로 그 세 치 혀다.
준생	안중근을 존경한다 말하지 않았습니까?
	진정 그러하다면, 그분에 대한 일말의 존경심이라도 남아있다면, 이 명단에서 저를 빼주십시오. 아버님을 욕보이는 짓만큼은 절대 할 수 없어요.
하야시	자넨 선택의 여지가 없어.
준생	저는 이런 국가적인 무대에 설 만한 사람이 못됩니다.
	그저 앵벌이 악사에 불과해요.
하야시	아니. 자네야말로 이 무대에 딱 맞는 사람이야.
준생	저를 죽이시렵니까?
하야시	내가 말했지 않나. 자네를 살리기 위해서라고.
준생	그 무대에 서는 순간 저는 죽습니다. 죽은 거나 마찬가지예요.
하야시	미련한 놈! (봉투 꺼내 건네며) 받아.
준생	뭡니까?
하야시	계약금이다. 넌 아버님의 과오를 예술로 참회하는 조선인 예술가로 소개될 거야.
준생	그런 정치적인 쇼에 날 동원하겠다고? (봉투 구겨서 팽개친다)

하야시	이봐, 진정해. 진정하라고. 그리 심각하게 생각할 것 없어.
	자네 가족 안전을 위해 예술을 잠시 활용하는 것뿐이라고. 이거야말로 예술 아닌가.
준생	내가 당신 뜻에 따르는 순간 난 반역자가 되고 말 거야.
	그게 오히려 내 목숨을 위태롭게 할 거라고.
	내가 죽으면 우리 가족 생계까지 위태로워진다는 거, 잘 아시지 않습니까?
하야시	그래, 그래. 바로 그거야. 이 일만 잘 해주면 더 이상 생계 따위 걱정 안 해도 돼.
	생각해 보게. 자넨 특별 대우를 받게 될 테고, 예술가로서도 승승장구하는 거야. 잘하면 일본 순회공연도 할 수 있다. 매니저로서 약속하지.
	그 정도면 꽤 쓸 만한 월계관 아닌가? (사이) 이봐. 복잡하게 생각할 것 없어. 언제까지 레스토랑의 떠돌이 악사로 연명하며 살 텐가.
준생	무엇보다 난, 아버님이 하신 일로 참회할 생각이 없어요. 아버지의 일은 아버지의 일.
	그분 아들로 남겨진 제겐, 아들로서의 역할이 있겠지요.
하야시	그게 아들인 자네 역할이야. 무조건 해야 돼.

봉투 주워 준생의 외투 주머니에 꽂아 넣는다.

| 하야시 | (어깨를 다독거리며) 자네를 그 무대에 세우라는 총독각하의 명령이다. |

'총독'이란 말에 얼음조각처럼 굳어버린 준생. 온몸이 떨리고 있다.

| 준생 | (정신없이 서성거리며 중얼거린다) 그러다 너희 일본은 얼마 못가 망하고 말 거야. (언뜻 노려보며) 하야시 쇼지, 당신도 죽음을 면치 못할 거야. |
| 하야시 | 협박인가? 버릇없는 놈! 다시는 내 앞에서 그따위로 지껄이지 마. |

죽기를 각오한 게 아니라면 말이다. 그놈의 세 치 혀를 조심하라니까.

준생 부탁입니다, 하야시 상! 이제 그만 저를 놔주세요.

하야시 바보 같은 놈! 내가 자네를 놔주는 순간, 더 악랄한 자가 나타나 널 옭아맬 거다.

준생 (비참한 얼굴, 무력감에서 나오는 깊은 한숨)

하야시 총독부에 내 사상을 의심하는 자들이 있어.

대일본제국의 역적 안중근에 감화되어 그 가족에게 온정을 베풀고 있다는 의심.

준생 말도 안 돼!

하야시 그래. 말이 안 되지. 우린 말도 안 되는 세상을 헤쳐가야 해.

부탁이다, 안준생. 눈 한번 질끈 감으면 되는 거야.

그래야 너도 살고 나도 살 수 있다. 같이 좀 살자.

널 무대에 세우라는 총독의 명령을 내 어찌 거부할 수 있겠는가.

(일본식 경례 올려붙이며) 하이, 와까리마시타!(사이)

이 일을 반드시 성사시켜야만 하는 내 입장도 좀 생각해주면 안 되겠는가?

이번 건만 별 탈 없이 해주면 자네 부탁도 들어주지.

아버님 유해를 찾을 수 있도록 도와주겠단 말이다.

준생 (탁자 짚고 울분 토하며) 비열한 인간! 하야시, 너 이 새끼!

이번엔 그 약속 반드시 지켜라.

하야시 (조각칼 준생의 목에 들이대며) 아이고, 안 선생. 정신 차려.

버릇없이 굴지 말라고 했거늘.

(준생의 어깨에 손 얹고 달래듯) 좋다. 추모곡은 없던 일로 해주지.

다른 곡을 연주하면 돼.

하야시가 뮤직 박스 쪽을 향해 손짓하자, 장중한 바이올린 선율이 흘러나온다.

하야시   어떤가? 저 곡으로 하지.

본능적으로, 어느새 귀를 기울이는 준생.

빗소리가 무대를 적신다.

2장. 세기말의 노래

어둠. 빗소리 무대 전체에 울리고, 준생의 집에 조명 비추면,
늙고 병든 행색으로 준생의 옷을 깁고 있는 김아려.

김아려   (고개 들고 한숨 쉬며) 저 염병할 놈의 비. 언제쯤이나 그치려나…
올 겨울은 또 얼마나 추우려나….

불쑥 무대에 등장한 은령, 날렵하게 무대를 가로지르며 신문을 던진다.
김아려 옆에 툭 떨어지는 신문.
깜짝 놀라 바늘에 손가락을 찔린 김아려, 입에서 새어나오는 가느다란 신음.

다급한 걸음으로 등장한 밀정, 은령의 뒤를 쫓는다.

김아려의 입가로 허탈하면서도 어딘가 해탈한 듯한 웃음이 비어져 나온다.
자기도 모르게, 무심코 부르는 노래.
1932년에 이경설이 부른 <세기말의 노래>다.

거미줄로 한 허리를 얽고 거문고에 오르니
일만 설움 푸른 궁창 아래 궂은비만 나려라

시들퍼라 거문고야 내 사랑 거문고
까다로운 이 거리가 언제나 밝아지려 하는가

준생 들어선다. 그의 손에 들린 도시락 보자기와 바이올린.
어머니가 노래 부르는 모습을 본 준생,
신문에 보자기 내려놓고 바이올린 반주 시작한다.
준생과 김아려 얼굴 마주본다. 두 사람 사이에 감도는 묘한 활기.
서럽지만 흥겨운 가락이 울리고, 준생도 함께 노래한다.

가랑잎에 동남풍을 실어 슬렁슬렁 떠나면
달 떨어진 만경창파 위에 까마귀만 우짖어
외로워라 이 바다야 내 사랑 바다야
뒤숭숭한 이 바다가 언제나 밝아지려 하는가

청산벽계 저문 날을 찾아 목탁을 울리면서
돌아가신 어버이들 앞에 무릎 꿇고 비노니
답답해라 이 마을아 내 사랑 마을아
어두워진 이 마을이 언제나 밝아지려 하는가

노래 끝나고,

김아려   (쾌활하게) 왔는가, 우리 광대 아들.
준생   다녀왔습니다.

바닥에 앉아 보자기 풀고 도시락 뚜껑을 연다.
나무도시락에 담긴 삶은 돼지고기와 전.

준생	드세요, 어머니.
김아려	(고기 한 점 손가락으로 집어 들고) 이 귀한 건 어디서 얻었을꼬?
준생	(천장 올려다보며) 이번 여행에서 돌아오면 지붕부터 손봐야겠어요.
김아려	여행? (고기 입에 넣고 씹는다)
준생	예. 경성에 며칠 다녀와야 해요.
김아려	(우려스러운 표정) 거긴 왜?
준생	하야시 상이 큰 무대에 설 기회를 잡아줬어요.
김아려	(씹던 고기 퉤, 하고 뱉는다) 이것도 그놈이 준 음식이더냐?
	그 작자 말 믿지 마라.
준생	알고 있어요.
김아려	이제부터라도 그 자를 멀리해야 돼.
준생	먼저 일어날게요.
김아려	벌써?
준생	급히 상해역으로 가봐야 해서요.
김아려	사람들은 네가 반역의 대가로 밥벌이를 하고 있다고 의심하고 있어.
	넘지 말아야 할 선만큼은 절대 넘어선 안 된다.
준생	명심하겠습니다.

고개 숙여 인사하고 나가는 준생.

김아려, 신문지 발견하고 무심코 펼치는데 문제의 기사가 언뜻 눈에 비친다.
기사 확인하고 경악하는 김아려.

김아려	(울부짖듯 외치며 밖으로 뛰쳐나간다) 안 된다, 아범아. 냉큼 돌아오지
	못하겠느냐!

준생 살아서 돌아올게요. 어머니 곁으로.

김아려 (주저앉아 바닥을 치며) 이놈이… 하야시가 준 썩은 고기를 덥석 집어 삼
켰구나. 분도 아버지, 이 일을 어쩌면 좋단 말이오. 세상이 아들을 용서할
수 있을지….

기도하는 김아려.
신문팔이 소년 등장, 준생이 퇴장한 방향으로 달려 나간다.

한 발의 총성 울리고, 열차의 기적소리 길게 울린다.

3장. 꼭두각시의 춤

분키치가 이토의 제단 앞으로 나온다. 제단에 놓인 이토의 영정.
영정을 엎어버리는 분키치, 무대 밖으로 나간다.

샤막에 박문사 본당 사진이 떠오른다.
그 위에 어른거리는 이토의 거대한 그림자.

카메라 목에 건 하야시 등장. 이토의 영정 바로 세우고, 향불 피워 헌향한다.
회중시계 꺼내 시간 확인하는 하야시, 초조해 보인다.

준생이 바이올린 들고 샤막에서 나온다.
제단 앞으로 나오는데, 얼굴에 피에로 분장을 하고 있다.
눈 밑에 그려 넣은 검은 눈물방울이 선명하다.

준생을 보고 당혹스러워하는 하야시, 얼굴에 일순 분노가 스민다.

검은 프록코트 주머니에서 손수건을 꺼내는 하야시.

하야시   (손수건을 준생의 얼굴에 던지며) 닦게. 무슨 개수작인가?

준생, 손수건 들고 엉거주춤 서있다.
하야시가 손수건 뺏어들고 준생의 얼굴을 박박 문지른다.
기괴하게 얼룩지는 준생의 얼굴.

하야시   자넨 오늘 피에로가 아냐. 오늘만큼은 꼭두각시 노릇에 충실하라고.
약속했잖은가. 추모음악회에서 빠지는 대신 이토 각하 사당에 참배하
겠다고.

준생   다 하야시 상이 의도한 것 아닙니까?

하야시   자, 서두르세. 미나미 총독께서 특별히 자네를 위해 저녁만찬을 준비하
셨네.

준생   (사색이 된 얼굴) 총독이 왜…?

하야시   기뻐하지 않는군. 영광 아닌가. 조선인이 총독을 알현할 기회는 그리 흔
치 않아.

서두르라고 손짓하는 하야시. 순순히 헌향하는 준생.
성냥을 당겨 향에 불을 붙이는 준생의 손이 심하게 떨린다.
그 장면을 카메라에 담는 하야시.

샤막에 어른거리는 이토의 거대한 그림자.
그의 음산한 웃음소리가 무대 전체에 울린다.

헌향을 마치자, 추모곡을 연주하라고 지시하는 하야시.
잠시 주저하던 준생, 연주하기 시작한다.
격한 몸놀림, 울부짖듯 울리는 바이올린 소리, 장송곡처럼 들린다.

하야시의 카메라에서 터지는 플래시 불빛이 준생의 얼굴에서 명멸한다.

갑자기 툭 끊어지는 바이올린 줄 하나. 일순 불온한 정적이 감돌고….

하야시   (의심의 눈길 번뜩이며) 설마 자네가…?

준생   아닙니다. 명색이 악사가 연주 중에 일부러 줄을 끊을 리가 있겠습니까?

하야시   알았네. 그만 정리하지. 이제 내일 일정만 잘 마무리하면 자넨 자유야.

준생   (불안하고 초조한 얼굴) 내일 일정은 뭡니까?

하야시   역사적인 만남이 자넬 기다리고 있네. 감동의 드라마가 펼쳐질 거야.
   (입가에 노회한 미소) 자네가 주인공이지.

불시에 울리는 총성. 하야시가 준생을 감싸며 자세를 바짝 낮춘다.

4장. 아들과 아들

샤막에 안준생과 이토 분키치의 화해극 연출 사진 떠오른다.

하야시와 준생 의자에 앉아 있다.
회중시계 꺼내 시간 확인하는 하야시, 잔뜩 긴장해 있는 준생.

분키치 등장한다. 머리를 짧게 깎았고, 일본 전통복장에 게다를 신었다.
달각거리는 발걸음 소리, 몸놀림이 어색하기 짝이 없다.

카메라 플래시가 연방 터진다.

하야시   (자리에서 일어서며) 드디어 또 다른 주인공이 등장하셨군.
   (준생 일으켜 세우며) 잘해야 돼. 기자들에게 멋진 연기를 보여주자고.

분키치가 가까이 다가오자 인사를 건네는 하야시.

하야시 잘 오셨습니다, 이토 사장님.

분키치 (짜증 섞인 목소리) 왜 하필 기모노를 입고 나오라고 한 거요?

하야시 조금만 참으시죠. 그야말로 역사적인 화해가 이루어지는 날 아닙니까?

분키치 (옷자락 들어올리며) 이거야 원, 거추장스러워서….

하야시 (어색한 웃음 지으며 준생에게) 인사드리게.
이토 공작 차남이신 이토 분키치 사장님일세. 일본광업을 이끌고 계시지.

준생, 말없이 분키치를 쳐다본다.
어색하고 딱딱한 얼굴, 울분을 삭이고 있는 듯하다.

분키치, 한동안 무표정한 얼굴로 준생을 바라본다.
입가에 어른거리는 알 수 없는 미소. 그가 손 내밀어 악수를 청하자
난처한 기색으로 우물쭈물하는 준생.

보다 못한 하야시가 준생을 툭 친다.
마지못해 손 내미는 준생.
맞잡은 두 사람의 손.
카메라 플래시가 어지럽게 터진다.

분키치 어제 아버님 사당에 들러 추모곡을 바치셨다 들었습니다.
나도 한번 들어보고 싶군요.

입술을 실룩거리는 준생. 그 모습을 유심히 바라보는 분키치.

분키치 (하야시에게) 우리 둘만 따로 얘길 좀 나눠도 되겠습니까?

하야시	(당황한 얼굴)기자들이 보고 있는데… 곤란합니다.
분카치	잠깐이면 됩니다.(준생에게)잠깐 나 좀 봅시다.

분키치의 기습적인 말에 당황하는 준생, 순순히 따라 나선다.

무대 뒤쪽으로 향하는 두 사람.

웅성거리는 기자들.

준생과 분키치의 방백 이어진다.

분키치	(준생을 향해 돌아서며)안 선생! 이 자리에 왜 나온 거요?
준생	난 당신에게 사과할 이유가 없소.
분키치	나도 그런 사과 따위 받고 싶지 않아요. 어차피 거짓 사과 아닌가.
준생	그럼 당신은 이 자리에 왜 나온 거요?
분키치	이봐요, 안 선생. 나도 억지로 끌려나온 거라고. 어차피 다 쇼 아닌가요?
	어제 안 선생이 바친 추모곡도 쇼, 우리가 이렇게 만난 것도 쇼.
	저들이 원하는 것도 쇼 아니겠소.
	그러니 저들이 바라는 대로 해줍시다. 정말이지 귀찮고 피곤하지 않소?
준생	사과할 이유를 모르겠는데, 나더러 무슨 사과의 말을 하란 말이오?
분키치	하야시가 써준 각본이 있지 않소?
준생	각본이야 얼마든지 수정할 수 있는 거 아닙니까?
분키치	그럴 자신 있습니까? 추모곡까지 바친 마당에, 이제 돌이킬 수도 없잖습니까.
	안 선생, 어차피 해야 할 일인데, 빨리 해치워버립시다.
	얼른 끝내고 요정에나 가자고.
준생	요정?
분키치	객지의 외로움을 달래기에는 게이샤의 손길이 최고 아니겠소?
준생	하야시도 옵니까?
분키치	그 자가 요청한 거요.(윙크하며)오늘 30년 묵은 회포를 질탕하게 풀어봅

시다.

준생　저는 사양하겠습니다.

분키치　어허 안 선생, 이거 왜 이러시나.

우리 남자들의 화해는 그런 데서 이뤄져야 제격 아니겠소.

자, 그럼 얼른 이 빌어먹을 연극부터 끝내버립시다.

준비되셨죠? 내가 안 선생 어깨에 손을 좀 올려도 되겠습니까?

> 준생, 마지못해 분키치에게 어깨를 내준다.
> 터져 나오는 기자들의 환호와 박수소리.

> 자리로 되돌아온 두 사람.

준생　(흠, 흠 목소리를 가다듬다가, 살짝 눙치는 어투로) 30년 전 아버님의 거사는… 오해에서 비롯된…(웅얼거리듯) 실수였는지도 모르겠습니다.

> 샤막에 어른거리는 안중근의 그림자.
> 안중근의 법정 진술 내용이 준생의 말과 뒤섞여 울린다.

준생　(자리에서 일어나 분키치 내려다보며) 저의 부친께서는… 어리석은… 당신의 아버님을… 어리석은 오해로….

하야시　(준생에게 귀엣말로) 각본대로 해.

안중근　내가 이토를 오해하고 있다고 하지만 오해하고 있는 것이 아니라 오히려 너무 잘 알고 있다.

이토는 영웅이 아니라 간웅이다.

준생　(횡설수설한다) 당신의 아버님을 죽게 만들었는데, 이에… 아들로서 아버지의, 아버지로서 아들의….

하야시　(당황한 기색) 각본대로 하라니까!

| 준생 | 아들의 오만방자한 만행을… 진심으로 사죄드립니다. |

꼿꼿한 자세로 분키치 바라본다.
하야시가 준생의 머리에 손을 대고 억지로 숙이게 한다.

| 분키치 | (일어나서 준생에게 가볍게 고개 숙이며) 됐소. 이제 와서 사과는 무슨…
나의 아버님도 당신 아버님도 지금은 부처가 되어 하늘에 계십니다.
그러니… 사과의 말은 필요 없습니다. |

카메라 플래시가 어지럽게 난무하는데, 어디선가 낯선 비난의 소리가
거세게 날아든다.

목소리1	천하의 불효자식!
목소리2	친일매국노!
목소리3	아버지 얼굴에 먹칠을 한 더러운 개!

두 사내가 무대로 불쑥 튀어나온다.
이들이 쫓고 쫓기며 무대를 가로지르는데,
밀정에게 쫓기는 사내는 남장을 한 은령이다.

밀정 방아쇠 당기고,
두 발의 총성과 동시에 암전.

5장. 마지막 한 발의 총알

어두운 호텔방. 둥근 탁자와 의자 두 개가 희미하게 보인다.
바이올린 케이스를 어깨에 멘 준생이 비틀거리며 들어선다.
약간 취한 듯하다.

이때, 재판장 석에 핀조명 비치면 은령이 앉아 있다.
흠칫 놀라 뒤로 한 걸음 물러서다 엉덩방아 찧는 준생.

어느새 밝아진 무대. 양복차림에 베레모를 눌러쓴 은령의 모습,
재판장 탁자에 법봉 대신 놓인 브라우니 권총 한 정과 탄창,
탄알 한 발이 보인다.
차분하게 탄알을 탄창에 넣고 총에 장전하는 은령.
총을 겨누고 준생을 향해 다가간다. 총구로 탁자를 가리키며
앉으라고 지시하는 은령.

준생, 은령의 얼굴을 유심히 살핀다. 누군지 알아보는 눈치.
각오한 듯 담담하게 의자에 앉는다.
은령도 맞은편에 앉는다.

* 이 장면에서 은령은 남성적인 음성과 동작으로 연기한다.

준생 아까 기자회견장에서 쫓기던 사람인가. 기자로 위장한 스파이라던
데⋯ 어디서 보내셨나?

은령 난 누구 지시를 받고 움직이는 사람이 아니다. 신념에 따라 행동할 뿐.

준생 (은령의 앳된 용모가 당혹스럽다) 신념이라⋯.
대체 무슨 대단한 신념이기에 허락도 없이 남의 방을 침입하셨나?

은령 (탁자에 놓인 바이올린 내려다보며) 꼭두각시 피에로의 반역을 막아야
한다는 것.

준생 내 연주가 세상에 무슨 해악이라도 끼쳤단 말이오?

은령 매국노의 연주, 변절자의 연주는 그 자체로 해악이지.

준생 그건 미처 몰랐군. 이걸로 그저 밥이나 빌어먹자고 악사가 됐는데 말이
오.

은령	무엇을 연주하느냐가 문제야. 쪽발이들 앞에서 일본의 풍속을 연주하고 침략의 수괴 이토를 추모하는 곡이나 연주하고….
	(갑자기 분노가 솟구친 듯) 어떻게 그런 짓을… 그게 무슨 의미인지 정말 모르겠어?
준생	말하지 않겠소. 내가 어떤 말을 해도 변명밖엔 안 될 테니까.
은령	맞아. 변절자들이 어떤 말을 해도 내겐 변명으로밖에 안 들려.
준생	당신 누구요?
은령	(냉큼 총을 겨누며) 사자다.
준생	사자?
은령	신념의 사자, 민족의 영웅을 욕보인 자의 목숨을 거두러 온 사자, 독립투사들이 보낸 사자, 조국을 구하겠다는 일념으로 살아오신 분들이 보낸 사자….
준생	광대 하나 죽이겠다고 온갖 사자들이 총궐기라고 한 모양이오.
은령	아니. 내 손으로 널 (사이) 직접 죽이진 않을 테다.
준생	그럼 뭐요?
은령	(총구가 준생 쪽으로 향하게 총을 내려놓으며) 죽어라, 스스로….
준생	자결이라도 하란 말인가.
은령	그 총 기억하나?
준생	총?
은령	브라우니 권총. 이토를 쓰러뜨린 구국의 총.
준생	이게 그 총이란 말이오?
은령	그 총의 의미가 담긴 총이다.
준생	난 총잡이가 아냐.
은령	(단호하게) 총을 잡아라. 넌 총 맞아 죽은 게 아니라 스스로 자결한 게 되는 거다. 과오를 반성하고 자살한 영웅의 아들. 내가 그렇게 만들 것이다.
준생	너도 각본을 써왔구나. 이런 빌어먹을! 양쪽에서 날 이용해먹고 있잖아.

갑자기 호통 치듯 울리는 목소리들.

목소리1   천하의 불효자식!

목소리2   친일매국노!

목소리3   아버지 얼굴에 먹칠을 한 더러운 개!

은령   들었지? 아비 얼굴에 먹칠한 더러운 개, 친일파, 변절자의 낙인을 찍고 살아갈 텐가,

처절한 반성 끝에 자결을 택함으로써 아비의 명예를 지켜낸 인물로 기록될 텐가?

준생   사과를 모르는데 사과를 해야 하고, 반성을 모르는데 반성을 해야 하는구나.

은령   반성을 모른다는 게 너의 죄다.

준생, 떨리는 손으로 총을 잡고 벌떡 일어선다.
품에서 다른 총을 꺼내 겨누며 일어서는 은령. 작고 앙증맞은 호신용 총이다.

준생   (은령을 겨누며) 스파이가 이런 실수를 하다니. 내가 당신을 쏴버릴 수도 있어.

은령   (입가에 어리는 비웃음. 머리 들이대며) 쏴보시지.

그럴 용기라도 있었다면 하야시의 농간에 놀아나지도 않았겠지.

준생   (무력하게 총을 내려뜨린다)

은령   너도 할 수 있어. 눈 질끈 감고, 입에 무는 거야. 당겨버려! 탕! 순식간에 끝날 거야.

준생, 눈 감고 총구 입에 문다.

은령   잠깐. 마지막으로 할 말은 없는가? 어머니께 전해드리겠다.

과오를 반성하고 자결했다는 말도 전해드리지.

준생 (총 입에 문 채) 살아서 어머니 곁으로 돌아오겠습니다.

은령 뭐라는 거냐?

준생 (총 빼서 관자놀이에 겨누고) 살아서 어머니 곁으로 돌아오겠습니다. 경성으로 떠나던 날 했던, 어머니와의 약속이었는데….

은령 안됐지만, 넌 죽어서 돌아가야 한다.

준생 난 매일 죽는다. 피에로로 변신하면서….

은령 그건 변신이 아니라 변절이야! 매일 그런 거짓 말장난으로 죽는 일, 지겹지 않아?

그런 걸로 부끄러움이 가려지던가? 위안이 되던가.

준생 매일 수렁 속으로 푹푹 빠져드는 것 같은데, 그런 위안이라도 지어내지 않았다면 질식하고 말았을 거야.

은령 당신은 그 말 때문에 망했어. 그 서푼어치도 안 되는 말로 자신과 타협하고 하야시의 유혹에 못 이기는 척 타협하고….

준생 그렇게라도 살아야 했다면, 살고자 했다면….

은령 밀정놈들 처단할 때마다 듣는 지겨운 변명이다. 친일매국노들의 지겨운 논리.

준생 (처절하게) 그만! 살고 죽는다는 게 그렇게 간단한가?

잠시 침묵.

은령 그 총엔 아버님이 남겨놓으신 마지막 한 발이 장전되어 있다. 일곱 발을 장전했다가 여섯 발을 쏘시고 그 한 발을 남기셨지. 이유가 뭘까?

준생, 곰곰이 생각한다.

검찰관(목소리) 한 발을 남긴 이유가 뭔가? 이토 공 목숨을 뺏은 뒤 자살할 생각이었나?

안중근 나 자신의 일에 대해서는 본래부터 별로 생각하지 않았다.

이토의 목숨을 빼앗으면 나는 법정에 세워질 테고,

그때 이토의 죄악을 하나하나 진술하여 세계에 옳고 그름을 묻고,

내 몸을 관헌에 맡길 생각이었다.

신의 가르침에 반하는 자살 같은 것은 생각할 리가 없지 않은가?

안중근 퇴장한다.

은령 그 마지막 한 발이 아들의 머리에 박히리라곤 전혀 예상치 못하셨을 텐데….

준생 임정에서 보낸 거요? 내가 암살표적이 된 거요?

은령 물론 이제 임시정부에서도 당신을 가만 놔두진 못할 거야.

결정적인 변절행위를 하고 말았으니까. 하지만 난 임정과는 전혀 상관없어.

난 혼자 생각하고 혼자 움직인다. 설사 배후가 있다 해도 말할 순 없지.

변절자 앞에서라면 더더욱….

준생 상해에서부터 나를 쫓아온 건가?

은령 난 당신이 경성에 가는 걸 막으려고 했어. 이 엄청난 반역행위를 막아야만 했다고.

준생 나보다 하야시를 먼저 막았어야지.

은령 원래 그놈이 내 표적이었지. 놈은 총독부 외사경찰이었어.

지금은 거류민단으로 위장해서 밀정 노릇을 하고 있고.

그놈 때문에… 미처 피신하지 못하고 상해에 남아있던

우리 동지들 수십 명이 목숨을 잃었어. 그걸 몰랐나?

준생 (고개 내려뜨린 채 침묵)

은령 아까 기자회견장에서 끝을 보려고 했는데, 총을 꺼내려는 순간

상해에서부터 나를 추적해온 한국인 밀정새끼가 나를 알아봐버렸어.

개새끼….

준생 당신도 쫓기고 있단 말인가. (연민어린 눈길로 쳐다본다)

은령 그런 눈으로 보지 마. 너절한 감상주의는 질색이다.

준생 쫓고 쫓기고….

은령 그렇다. 난 그렇게 살고 있다. 당신 아버님도 그렇게 살다 가셨어.

독립을 위해 헌신한 수많은 사람들의 희생을 생각해서라도

그럴 수밖에 없었다는 말은 하지 마라.

준생 (침통한 얼굴)

은령 상해에서 놈을 쏴버렸어야 했는데…

하야시가 당신을 상대로 엄청난 음모를 꾸미고 있다는 걸 알면서부터

일이 꼬여버렸어. 그걸 막는 게 급선무가 돼버렸으니까.

준생 거기서 끝장을 봐야 했어.

은령 (으르렁거리듯) 당신이 할 수도 있었잖아! 안 그래, 안준생?

준생 내가 어떻게….

은령 물론 할 수 없겠지. 넌 알게 모르게 그 자에게 의존해왔으니까.

준생 (침묵)

은령 그래, 맞아. 당신은 이제 우리 동지들의 표적이 되고 말았어.

내가 여기서 실패하면, 다른 동지의 총구가 당신 심장을 노리겠지.

정말, 그렇게 할 수밖에 없었나?

다른 사람도 아니고 안중근의 아들이라는 사람이 어떻게….

준생 누구나 영웅적인 삶을 살아갈 수는 없어.

은령 맞아. 누구나 영웅처럼 행세할 순 없겠지.

하지만 당신은 그렇게 말하면 안 되는 거잖아? 아들이라는 사람이….

준생	아버님이 거사를 하실 당시, 난 세 살짜리 아이에 불과했어. 내겐 아버지가 없었다고.
은령	그만 좀 징징거려. 아직도 세 살짜리 아이처럼 굴고 있잖아.
	안중근은 우리 모두의 아버님이자 스승과도 같은 분이다.
준생	바로 그게 문제야. 나의 아버지가 아니라 당신들의 아버지란 말야.
은령	비겁한 인간. 아버님은 어떻게 살아야 하는가에 대한 답을 남기고 가셨어.
	근데 왜 당신은, 어떻게 살아야 할 것인가 고민하지 않는 거지?
준생	함부로 말하지 마. 고민 없는 삶이 어디 있겠나?
은령	고민의 결과가 고작 친일인가?
준생	이봐. 당신들의 아버지가 사형당하고 나서 우리 가족은 일제의 포로가 되고 말았어.
	창살 없는 감옥에 수감된 거나 마찬가지였다고. 항상 주변에 감시의 눈길이 번뜩였어.
	어떻게 살 것인가, 질문조차 할 수 없는 처지에 어떻게, 어떻게 살아야 하나… 고민할 수 있겠어.
은령	지겨워, 지겨워. 너희 변절자들의 한결 같은 변명이 지겨워 미칠 지경이야. 아버님이 뤼순감옥에서 동양 청년들을 향해 사자후처럼 토해내신 말씀을 들어봐.

준생과 은령이 뒤편 샤막으로 시선 돌리자,
안중근이 비호처럼 뛰쳐나온다.

안중근	(관객 향해 서서) 슬프다! 천하대세를 멀리 걱정하는 청년들이 어찌 팔짱만 끼고 아무런 방책도 없이 앉아서 죽기만을 기다리는 것이 옳을 수 있겠는가.

그러므로 나는 생각다 못해, 하얼빈에서 만인이 보는 앞에서
늙은 도적 이토의 죄악을 성토하여, 뜻있는 동양 청년들의 정신을 일깨
운 것이다.
동양 청년들이여! 나 안중근의 궁극적인 목적은 동양평화 유지에 있다.

　　　　　다짐하듯, 엄숙한 얼굴로 안중근에게 고개 숙이는 은령.

　　　　　천천히 고개 돌리며 관객들 얼굴 바라보다 퇴장하는 안중근.

은령　　위대한 영웅의 삶에서 희망을 발견하고,
　　　　간신히 절망의 세월을 버텨가고 있는 사람들을 생각해봐.
　　　　그들의 분노는 어떻게 생각해. 정당한 분노 아닌가요?
준생　　이렇게 된 이상, 그 분노까지도 감수해야겠지.
은령　　좋아. 그렇다면 총을 들어라.
준생　　이제 당신의 꼭두각시가 될 차례인가….
은령　　그렇게라도 가문의 마지막 자존심을 지켜야 하지 않겠는가.

　　　　　준생, 순순히 총을 입에 무는데, 갑자기 노크소리 울린다.

　　　　　기민해진 두 사람의 동작. 얼결에 서로에게 총구를 겨눈 상황.

은령　　무슨 수작이야?
준생　　난 당신을 의심했는데? 당신이 다른 동지를 불러들인 게 아니냔 말야?
은령　　말했듯이 난 혼자 움직이고 혼자 실행한다. 누구냐, 저 자는?
준생　　내가 이 방에 투숙한 걸 아는 건 하야시하고 이토 사장밖에 없는데…
　　　　그 자들은 지금 요정에서 게이샤들과 노닥거리고 있을 테고.

　　　　　다시 노크소리 울린다.

은령	혹시… 하야시 아닐까?
준생	그럴지도… 놈도 이 조선호텔에 방을 잡았을 테니까.
은령	몇 호지?
준생	그걸 내게 말해줄 리가 없잖아.
은령	좋아. (총 까딱이며) 이렇게 하지. 만약 하야시라면 침착하게 안으로 들여.
준생	다른 놈이라면?
은령	몰라서 물어? 적당히 둘러대서 보내야지.

두 사람, 출입문 쪽으로 이동한다.

준생	누구요?
기자(목소리)	안준생 씨! 매일신보 기잡니다. 잠깐 인터뷰 좀 할 수 있을까요?

은령, 실망한 기색이다.

준생	이봐요, 기자양반! 그만 합시다.
기자(목소리)	어머님은 뭐라고 하시던가요?
준생	가라고, 제발. 내가 더 이상 무슨 할 말이 있겠소.

정적.

두 사람, 잠시 바깥 동정 살피다가 다시 자리로 돌아와 앉는다.

은령	매일신보라면 총독부의 선전도구잖아. 저런 개새끼들도 기자라고 설치니 원….

| 준생 | 산다는 거, 정말 피곤한 일이야. 그래, 차라리… 얼른 끝내버립시다. |

> 탁자에 놓아둔 총을 잡은 준생, 바이올린에 눈길이 머문다.
> 회한에 잠긴 듯 바이올린을 손으로 쓰다듬는다.

준생	총을 피해 바이올린을 잡았건만, 어느새 바이올린이 총이 돼버렸구나. 이것도 변명에 불과하다고 하겠지만….
은령	마지막 변명이라… 들어나 볼까.
준생	나는 그저 연주나 한두 곡 하러 왔을 뿐이야. 추모곡을 연주할 생각도 없었어. 내가 어떻게 이토 그 자를 추모할 수 있겠나.
은령	나도 알아. 상해의 레스토랑에서 직접 들었으니까.
준생	레스토랑에서?
은령	그날 하야시에게 신문을 배달했던 소년 기억하시나?
준생	(손가락으로 은령 가리키며 말문이 막힌 듯) 어쩐지 낯이 익다 싶더니… 너였구나.
은령	이제 알겠어? 어머니께 신문을 전한 것도 나였어.
준생	신문? (언뜻 생각난 듯) 아, 집에 있던 그 신문이 그럼… 안 돼, 안 돼….

> 준생의 집에 조명 비추면, 김아려가 "안 돼, 안 돼…" 되뇌며
> 신문을 구겨버린다.

은령	어머님도 아셔야지. 당신 자결에 대한 이유가 되어줄 테니까.
준생	냉정하구나. 당신들이 신봉하는 대의가 그토록 대단한가?
은령	난 그저 어머님이 신문을 보시고 아들의 반역행위를 막아주길 바랐을 뿐이야. 계획대로 됐다면, 굳이 이런 각본을 구상할 필요도 없었겠지.
준생	어머니… 나중에 다 말씀드리고 이해를 구할 생각이었는데….

| 은령 | 어리석은 인간. 그 엄청난 반역행위를 앞두고 나중을 생각하다니….|

| 준생 | 어젠 내가 하지도 않은 일을 두고 참회해야 했어.

대체 내가 뭘 어쨌다고 양쪽에서 이중의 참회를 강요하느냔 말야.

| 은령 | 하지 말았어야 할 참회를 하고 말았잖아.

| 준생 | 참회를 안 해도 죽고, 해도 죽어야 할 운명이었구나.

| 은령 | 그래. 가혹한 일이겠지. 하지만…

당신의 반역행위에 충격을 받아 절망한 국민들을 생각해보라고.

그보다 더 가혹한 일이 있을까?

내가 왜 이렇게까지 해야만 하는지… 이제 좀 이해해 줬으면 좋겠는데….

| 준생 | 비난은 쉽고 이해는 어려운 법이지.

내게도 대의를 위해 행동할 수 있는 마지막 기회를 주서서 고맙다고 해야 하나. 그걸 원해요? 하지만 이런 결말은 내게 어울리지 않아. 너무 거창하잖아.

난 애초에 이런 거대한 이야기의 주인공이 될 수 없는 사람이라니까.

| 은령 | (총 치켜세우고) 날 봐. 이 총이 나한테 어울려 보여?

총을 잡기 전, 여자인 내가 이 손으로 무슨 일을 하며 살았을 것 같아?

애초에 이런 총잡이가 될 생각은 추호도 없었어.

| 준생 | 그럼 왜지? 당신도 영웅이 되고 싶었던 건가?

| 은령 | 비꼬는 거냐? 하긴 너 같은 변절자가 이런 선택을 이해할 리 없지.

| 준생 | 맞아. 나 같은 피에로가 당신 같은 총잡이들의 세계를 어찌 이해할 수 있겠어.

하지만 그 총, 당신과 아주 잘 어울려 보여.

(바이올린 집어 들고) 나한테 어울리는 건 이 바이올린이지.

사이.

43

준생	박문사에서도 추모곡 따위는 연주하고 싶지 않았어.
	난 안중근과 이토의 동양평화를 연주하려고 했다고.
은령	어떻게 안중근의 동양평화론과 이토의 동양평화론을 같은 선상에서 노래할 수 있나?
	당신은 그 알량한 예술로도 아버님을 배반하고 있어.
준생	들어보지도 않고 함부로 판단하지 마라.
은령	좋아. 어디 들어나 보자.
준생	(바이올린 들고 연주자세 취하며) 난 이 곡에서 두 사상의 충돌을 표현하고자 했다.
	마지막 연주가 되겠군. 제목은 '오리엔트 환상곡'.

연주하는 준생. 열정적인 모습.
(노랗고 붉은 조명으로 곡의 분위기를 연출한다)

준생	(계속 연주하며 해설자처럼) 1악장은 서구 열강의 제국주의 침략이 본격화되기 전 동양의 평화로운 정경을 연주할 거야.
	(갑자기 격해진 연주) 그리고 2악장에선 일, 청, 러시아가 한반도에서 각축전을 벌이는 장면이 전쟁처럼 펼쳐지지.
	뒤이어 평화로 위장한 이토의 괴물 같은 메시지가 모든 걸 압도해 버리고, 이에 맞서는 안중근의 동양평화론과 충돌하다가, 타앙, 탕탕탕 여섯 발의 총성이 연이어 터지고 15초간 정적.(숨을 고른다)
	마지막 3악장에선 동양평화를 염원하는 안중근의 사상이 장엄한 곡조로 흐를 거야.
은령	(뭔가 감동에 사로잡힌 표정) 그런데 왜 그 곡을 연주하지 않았지?
준생	(연주 멈추고) 하야시가 그걸 허용할 리가 없잖아.
은령	그렇더라도 하필 그 곡을… 영국인 음악가가 이토에게 바친 추모곡이었잖아.

준생	열차에 탔을 때 하야시가 악보를 주더군. 미리 연습해 두라고.
	내겐 레퍼토리를 선택할 권한이 없었어.
은령	방금 그 곡, 정리해둔 악보라도 있나요?
	모르지. 그 곡이 당신의 친일행적에 대한 최소한의 변명이라도 돼줄지.
준생	없어요. 아직 미완이니까.
은령	(답답하다는 듯) 완성했으니까 연주하려고 했을 거 아냐?
준생	문제가 있어. 곡 전체에 울분이 스며있어. 분노, 억울함이 스며있어. 못 느끼셨나?
은령	무엇에 대한 울분인가? 누구에 대한 분노인가? 뭐가 그렇게 억울하지?
준생	젠장, 그걸 모르겠어. 정말 모르겠어….
은령	거짓말이다. 알면서 모르는 척 하지 마.
준생	자, 이제 어떻게 할까?
은령	아쉽군. 그 악보를 남길 수 있다면, 그게 당신 죽음에 대한 알리바이가 돼줄 텐데….
준생	나도 안타까워. 필생의 작업이라 생각했는데….
	(총을 들어 자기 머리에 겨누고) 확 당겨버릴까?
은령	(혼란을 느낀 듯 머리 흔들며) 젠장, 나도 모르겠어. 이제 당신이 알아서 해.

은령이 총을 품속에 넣고,
준생은 총구 입에 물고 질끈 눈을 감는다.

때마침 등장한 이토의 비서, 노크한다.
다급하게 준생을 제지하는 은령.

은령	(은밀한 목소리) 하야시, 하야시다. 맞지?
준생	정말 놈을 죽일 생각인가?
은령	(당연하다는 듯 고개 끄덕인다)

준생	꼭, 지금 죽여야겠소?

다시 노크하는 비서.

준생	(문을 향해 외친다) 잠깐 기다려요!
은령	(서두르는 기색) 얼른 끝냅시다.
	아까와 같은 방식으로, 그놈인지 확인하고 조용히 안에 들여.
준생	그를 좀 더 살려두면 안 되겠소?
은령	(거친 숨소리) 이유는?
준생	이제 그 자가 약속을 지킬 차례요. 아버님 유해를 찾아준다 했지.
은령	(한심하다는 듯) 정말 어리석기 짝이 없군.
	그따위 약속에 넘어가 총독부의 지시에 응했단 말인가.
준생	그따위 약속? 설마 아버님의 마지막 유언을 모르시는 건 아닐 테지?

샤막에 비치는 안중근의 그림자.

안중근	내가 죽은 뒤 나의 뼈를 하얼빈공원 곁에 묻어뒀다가 우리 국권이 회복
	되거든 고국의 고향땅에 묻어주시오.

안중근 사라지고,

준생	아버님이 돌아가신 지 30년이 흘렀는데도
	우린 아직 아버님이 어디 묻혀 있는지조차 모르고 있단 말이오.
은령	그래. 절박한 일이지. 절박함이 가장 좋은 미끼라는 걸 하야시 그놈은 잘
	알고 있어.
	당신은 그 미끼에 속은 거야. 머리가 있음 생각을 좀 해보라고.
	유해가 발굴되면 조국은 물론 중국에서도 추모 열기가 들불처럼 번져

나가고, 묘지는 독립운동의 성지가 될 텐데, 일본 정부가 그걸 허용할 리가 없잖아. 안 그래?

준생　(울분 토하듯) 개자식들!

은령　자, 서둘러. 놈이 눈치라도 채면 어쩔 거야.

　　　　　　　　　　　　　　　　　　문 쪽으로 가는 두 사람.

준생　누굽니까?

비서　아, 안 선생님. 저는 이토 사장님 비섭니다.

준생　비서요?

　　　　　　　　　　　　　은령, 한숨 내쉬며 준생 뒤에 몸을 숨긴다.

준생　(문 열고) 무슨 일이시죠?
　　　저… 사장님께서 안 선생님과 말씀을 좀 나누고 싶어 하시는데…
　　　지금 시간 좀 낼 수 있겠습니까?

　　　　　　　　　　　　　　　　슬쩍 은령을 바라보는 준생.
　　　　　　　　　　　　　　　잠시 생각하다 고개 끄덕이는 은령.

준생　몇 호에 계시죠?

비서　가시죠. 제가 모시겠습니다.

준생　아… 지금 당장은 힘들고, 30분 뒤에 그리로 가겠습니다.

비서　흠… 그럼 그때쯤 제가 다시 오겠습니다.

준생　그러시죠. (문 닫는다)

은령　(준생에게 귀엣말로) 혹시 하야시도 같이 있는지 물어봐.

준생　(급히 문 열며) 아, 잠깐만요.

비서 돌아선다.

준생   혹시 하야시 상도 그 방에 같이 계십니까?

비서   아, 그분은 총독부에 잠시 볼일이 있다고 그리로 가셨습니다.

준생   그렇군요. 그럼 잠시 후에 뵙겠습니다. (문 닫는다)

비서 퇴장하고,
다시 자리로 돌아온 두 사람, 앉지 못하고 서성거린다.

준생   어쩌지?

은령   (결심한 듯) 좋아. 나도 같이 간다.

준생   뭐요? 위험해. 여기서 기다려요.

은령   아니. 하야시가 올지도 모르잖아.

준생   하지만 당신이 무슨 자격으로 그 자리에 합류하겠단 말이지?

은령   당신 아내.

준생   내 아내가 왜?

은령   잠시, 당신 아내가 돼주지.

모자를 벗는 은령. 고무줄을 풀고, 긴 머리를 찰랑, 내려뜨린다.

준생   (놀란 눈을 치켜뜨며) 다 당신… 도대체 정체가 뭐야?

은령, 탁자 밑에 숨겨둔 가방을 꺼내 지퍼를 연다.
가방에서 나오는 여성 의류.
옷을 갈아입는 은령.

은령	덕분에 팔자에도 없는 아내 노릇까지 해보게 되네요.
준생	(고개 저으며) 아냐. 이건 말이 안 돼. 난 경성에 혼자 왔다고.
	그건 하야시도 알고 분키치도 아는 사실이야.
은령	(여성 목소리로, 어딘가 모르게 어색하다) 그럴 듯하게 꾸며보세요, 여보. (웃음)

손거울 꺼내 보며 화장하기 시작한다.

은령	(화장하며) 내 이름이 뭐죠? 갑자기 기억이 안 나네요.
준생	정옥녀. 내 아내….
은령	(암기하듯 되뇐다) 옥녀, 정옥녀….
준생	아들 웅호, 큰딸 선호, 둘째 딸 연호.

자녀들이 떠오른 듯 허공을 멍하니 바라보는 준생.
그 장면을 안쓰러운 눈길로 응시하는 은령.

은령	(되뇐다) 웅호, 선호, 연호….
준생	그놈들이 내 미래요.
은령	잘, 바르게 키우세요.
준생	그러려고 여기 온 건데….
은령	(아내 역할에 몰입한다) 기대가 커요, 여보. 이번 휴가는 평생 기억에 남을 거예요.
준생	(불안하다) 하야시도 당신 얼굴을 알아.
은령	(일순 긴장한다) 문제없어. 그놈은 날 보자마자 숨이 끊어질 테니까.
준생	꼭 그래야겠나? 다른 기회도 있을 텐데….
은령	지금이 기회야. 당신도 그만 벗어나야 돼. 언제까지 그놈 꼭두각시 노릇을 할 거야.

준생	그자가 이번만큼은 약속을….
은령	아니. 희망고문에 불과해. 거기 집착했다간 절대 그 자의 마수에서 벗어 날 수 없어.
준생	아냐, 아닐 거야. 그자는 내게 서약서까지 써줬어.
은령	그깟 종이 쪼가리가 무슨 효력이 있을까?
준생	이제 내게 남은 거라곤, 하야시의 도움으로 곧 아버님 유해를 찾게 될 거 라는 희망뿐….
은령	허수아비 같은 놈. 저러니 하야시가 인형처럼 갖고 놀았겠지.
준생	이번에도 약속을 어기면, 가만두지 않을 거요.
은령	어쩔 건데?
준생	내가 직접 처단할 거요.
은령	과연 그럴 수 있을까?
준생	(침묵)
은령	그보다 분키치라는 사람, 정말 믿을 만한가? 당신한테 원한을 품고 있을지도 모르잖아.
준생	글쎄… 기자회견장에선 전혀 느끼지 못했는데….
은령	그건 공식적인 자리였으니까. 사적인 만남에선 어떻게 나올지 모르지. 그자는 간악한 이토 히로부미 아들이라고.
준생	난 그 이토 히로부미를 죽인 안중근의 아들입니다! 하지만 난 총 대신 바이올린을 들었지.
은령	(준생을 물끄러미 바라보다가) 바이올린 대신 총을 들 수도 있었겠죠.
준생	(시선 떨구며) 당신 이름은?
은령	옥자, 정옥자.
준생	아니, 진짜 당신 이름 말야.
은령	모르는 게 좋아요. 당신을 위해서도.
준생	하긴, 이름도 수시로 바뀌겠지.
은령	오늘은 그냥 은령이라고 해두죠. 안, 은령.

은령, 스커트 걷어 올리고 고무 밴드로 총을 허벅지에 부착한다.

준생도 슬쩍 총을 챙겨 주머니에 넣는다.

은령　(옷매무새 고치며) 준비 다 됐죠?

비서 등장, 노크한다.

노크소리에 바짝 긴장하는 준생.

은령　(가볍게 준생을 안으며) 여보? 긴장 풀어요.

암전.

어둠 속에서 울리는 바이올린 선율. 파국을 암시하는 듯 불길하게 들린다.

6장. 두 영웅과 두 아들

탁자에 둘러앉아 있는 준생, 은령, 분키치.

사케 병과 술잔, 안주 접시가 탁자에 놓여 있고,

그 밑에 분키치의 서류가방이 있다.

어색한 분위기,

유카타 차림을 한 분키치가 술병을 들어 준생과 은령의 잔에 술을 따른다.

분키치　(은령에게) 잘 오셨습니다, 부인. 두 분이 경성까지 같이 오신 건가요?

그런 얘긴 못 들었는데….

은령　(다급하게) 애가 셋이나 있는 주부가 먼 길 떠나는 게 어디 그리 쉽나요?

모처럼 신혼 기분 한 번 내볼까 하고, 어머니께 애들 맡기고 부랴부랴 뒤

따라온 거죠.

분키치 (짓궂은 눈길로 준생을 보며)안 선생이 요정에서 서둘러 호텔로 가신 이유가 부인 때문이었군요. 이렇게 아름다운 아내가 기다리고 있는데, 게이샤 따위가 눈에 들어올 리 없지.(웃음)

은령 (준생에게 눈 흘기며)기생집에 갔었단 말야?

분키치 하하!안 선생은 죄 없어요. 제가 죄인입니다.

준생 사장님도 무죄 아닌가요. 주동자는 하야시 상 아닙니까.

은령 (두 사람 번갈아보며 한심하다는 듯 한숨)

분키치 허허, 이거 제가 괜한 말을 했나 보네요.

은령 (술잔 들어 코밑에 대고)향이 좋네요. 그런데 어쩌죠?

분키치 무슨…?

은령 분명 최고급 술일 텐데, 제가 술을 못해서….

분키치 저런! 죄송합니다. 부인이 오실 줄 알았더라면 요리라도 주문했을 텐데… 지금이라도 비서를 시켜 대령하겠습니다.

은령 (당황한 기색)아니에요, 아니에요.

분키치 사양하지 마세요. 부인께 대접하고 싶습니다.

은령 그게 아니라… 오늘밤은 요리 말고 사케의 그윽한 향에 취해보고 싶네요.

분키치 오~ 로맨틱하셔라. 그럼 전 오늘밤 부인의 향에 취해볼까요?

은령 (야릇한 웃음)조심하셔야 할걸요? 어떤 향기에는 독이 들어 있으니까요.

분키치 (흠칫 했다가, 호탕하게 웃으며)무슨 그런 독한 말씀을….

안절부절못하며 쩔쩔매는 준생.

준생 (얼른 화제를 바꾼다)아버님처럼… 정치 쪽엔 관심 없었습니까?

분키치 정치라… 모름지기 정치인이라면 거짓말, 야합, 속임수에도 능해야 하는데 아버님에게서 그런 정치 유전자를 물려받지 못했어요. 어쩔 수 없

52

는… 저의 한계죠.

은령　　그 말씀은 아버님을 욕보이는 것일 수도 있어요.

분키치　　맞습니다. 저는 아버님의 삶을 긍정적으로 평가하고 싶지 않아요.

은령　　에이, 그럴 리가요?

분키치　　아닙니다, 부인. 전 대다수 일본인과 생각이 좀 달라요.

　　　　　　제 생각에 일본은 잘못된 길로 가고 있어요. 일정 부분 아버님께 책임이

　　　　　　있죠.

은령　　(흥미롭다는 듯) 어떤 점에서요?

분키치　　서양제국주의와 같은 방식으로 동양을 집어삼키려 했던 것.

　　　　　　인정하지 않을 수가 없어요. 그 결과 일본은 동양의 공적이 돼버렸고,

　　　　　　끝없이 전쟁을 해야만 하는 상황으로 몰리고 말았어요.

　　　　　　지금 일본은 점점 위험한 지경으로 달려가고 있어요. 이미 독일과 동맹

　　　　　　을 맺었으니, 세계대전에 뛰어드는 것도 시간문제 아닐까요?

은령　　(이미 예상하고 있었다는 듯) 일본이란 나라는 대체 왜…?

분키치　　권력, 욕망으로 똘똘 뭉친 아버지들이 문제라고 봅니다.

　　　　　　그런 노인네들이 일본을 좌지우지하고 있으니까요.

　　　　　　이대로 가다간 망하고 말 거예요. 일본이 그렇게 될까 두렵습니다.

　　　　　　　　　　　　　　　　　　　　　　　　　　긴 정적.

분키치　　온 세상이 전쟁으로 미쳐 돌아가고 있는 것 같습니다. 서양은 식민지전

　　　　　　쟁….

은령　　한국은 독립전쟁….

준생　　일본… 침략전쟁….

　　　　　　　　　　　　　　　　　　　　　　　　　　다들 잠시 침묵.

| 준생 | (분키치 눈치 살피며) 이토 공작, 어떤 아버지였습니까? |

샤막에 드리워지는 이토 히로부미의 실루엣.

분키치	글쎄요. 잘 아시겠지만, 전형적인 야심가였죠. 하급 무사에서 출발, 메이지유신 초대 총리를 포함해서 모두 네 번이나 총리직에 오르셨고….
준생	그런 거 말고, 집안에서의 아버지 말입니다.
분키치	집에서의 아버님이라… 별로 기억나는 게 없네요. 집에서도 밖에서도 아버님을 뵐 기회가 거의 없었으니까요.

샤막이 붉은빛으로 물든다. 쑥 삐져나오는 이토의 지팡이.

무사처럼 등장하는 이토 히로부미, 제단에 정좌하고 앉아
지팡이 속 칼을 빼든다.
이후 이토는 계속 마른 수건으로 칼을 닦는 동작을 취한다.

분키치	탐욕 때문이죠. 아버님은 두 가지 욕망을 채우는 데 충실하셨던 분입니다. 밖에서는 야심가로서의 정치적 욕망을, 안에서는… (은령 눈치 보며) 이건… 부인 앞에서 말하기가 좀 곤란한데….
은령	(고개 돌려 이토 쳐다보며) 집안에 끊임없이 다른 여자를 들이셨다 들었습니다.
분키치	알고 계셨습니까? '취해서 미인의 무릎을 베고 눕고, 깨어서 천하의 권력을 잡는다.' 아버님 인생은 이 한 문장으로 요약할 수 있어요. 여자, 술, 정치를 한몸으로 여기셨던 분이니까요.
이토	(칼 곧추세우고 엄지로 날을 점검하며) 나랏일에 시달려 머리가 지끈거릴 때 아리따운 게이샤의 손길이 얼마나 위로가 되는지 모른다.
분키치	화류계 여자들만 탐했더라면 그래도 좀 나았을 텐데, 가리질 않으셨죠.

유부녀들에게까지 손을 뻗쳐 잦은 분란을 빚기도 했습니다.

(이토 쳐다보며) 당신 욕망을 채우기 위해서라면 추행, 겁탈도 서슴지 않으셨죠?

은령 (방백) 그게 밖으로 표출되면서 조선, 만주 침략으로 이어졌겠지.

분키치 그야말로 거침이 없었습니다. 아무도 말리지 못했어요.

천황의 질책도 소용없었죠. 한번은 천황이 아버님을 궁으로 불러 질책했답니다. (일왕이 이토에게 말하듯) 이보시오 이토 공, 거 조금 조심하면 어떻겠는가?

이토 (당당하게 고개 들고) 폐하! 저에 대해 이러쿵저러쿵 말을 하는 무리들 중에는 몰래 첩을 둔 자들도 있습니다만, 저는 관허의 게이샤를 공공연히 부를 뿐입니다.

다들 쉬쉬하면서 몰래 하고 있는 실정입니다만,

저는 당당히 하고 있는 만큼 깨끗하다고 말씀드릴 수 있습니다.

분키치 (이토 돌아보며 빈정거리듯) 오, 나의 음탕한 아버지!

천황폐하의 권능에도 아랑곳하지 않는 저 당당함과 뻔뻔함을 보라.

은령 사장님도 만만치 않을 것 같은데요?

분키치 아버님에 비하면 저야 신사죠. 적어도 난 강제로 여자를 취하진 않아요.

은령 (도발하듯) 에이, 사장님도 게이샤 취향이시면서….

감정이 격해진 듯 자리에서 일어선 분키치,

여행가방에서 칼을 꺼내더니 검무를 추듯 무대를 휘젓는다.

은령은 허벅지에서 총을 빼들 자세 취하고,

하얘진 얼굴로 떨기 시작하는 준생.

은령 사장님, 그 칼춤 보여주시려고 제 남편을 부른 건가요?

분키치 (흠칫 동작 멈추고) 이런! (칼집에 꽂으며) 실례했습니다.

은령　　여행 중에도 칼을 소지하시나 보죠?

분키치　　조선에서 무슨 일을 당할지 모르니까요. 아버님께 배운 습관이기도 하
　　　　고… 여자 외에 아버님의 유일한 취미가 뭐였는지 아십니까?
　　　　(이토에게 시선 돌리며) 틈 날 때마다 도검을 손질하는 일이었습니다.
　　　　항상 칼을 몸에 지니고 다니셨죠. 칼이 여자 대신이었는지도 모르죠.

준생　　집안에 분란은 없었습니까? 어머님도 가만 계시지 않았을 텐데요?

분키치　　사창가 여자였어요.

준생　　어머님이요?

은령　　(거북하다는 듯) 말씀이 좀….

분키치　　우메코라는 게이샤와 놀아나다가 덜컥 임신을 하자, 본처를 몰아내고
　　　　새로운 안방마님으로 들인 거죠.

이토　　우메코는 내 목숨을 구해준 여자다. 내가 무사들에게 쫓겨 목숨이 위태
　　　　로울 때 자기 목숨을 걸고 나를 숨겨줬어. 우메코를 후처로 들인 이유다.

분키치　　그런 약점 때문인지 아버님의 여자 문제에 대해서는 입을 꾹 다물고 사
　　　　셨어요.
　　　　방관하는 것도 모자라 장려하는 것처럼 보이기도 했죠.
　　　　남편과 밤을 지새운 여자가 아침에 돌아갈 때 화장과 옷매무새까지 살
　　　　펴주고 선물까지 들려 보내더군요. 이해가 되십니까?

은령　　글쎄요. 어떤 심정이셨을까요?

분키치　　뭐 생각해보면 가여운 분이죠. 딸 둘만 낳고 아들을 보지 못했어요.

준생　　그럼 사장님은…?

분키치　　사실 저도 반쪽짜리 아들입니다.

은령　　(도발하려는 의도) 사창가에서 태어나셨단 말인가요?

분키치　　(언짢은 기색으로 단호하게) 아닙니다. 친모께선 절대 그런 분이….

준생	제가 듣기엔 사장님이 이토 공작의 기질을 쏙 빼닮았다고 하던데….
분키치	하야시가 그러던가요? 솔직히 말하면, 다 위장한 거죠.
	안 선생이 피에로 분장을 하는 것과 크게 다를 바 없어요.
준생	(정색한 얼굴) 생존을 위협받은 적이 있으십니까?
분키치	(얼버무린다) 안 선생에 비한다면, 저야 온실의 화초에 가깝겠죠.
	시시각각 생존에 위협을 느낀 건 아버님이죠. 도처에 적이 있었으니까요.
은령	(캐묻듯) 당연한 거 아닐까요?
분키치	(기분 상한 표정으로 잠시 침묵하다) 저는 그저…
	이토 가문의 확실한 후예로 인정받기만 하면, 그걸로 족했어요.
	하지만 결국 장자로 낙점 받는 데는 실패했어요.(이토에게 시선 돌린다)
	또 다른 여자에게서 낳은 아들을 양자로 들이더니 장남으로 삼더군요?
준생	그럼 장자로 인정받기 위해 아버님의 기질을 흉내 내셨단 말인가요?
분키치	그런 셈이죠. 없는 연기력까지 동원해봤지만, 아버님까지 속이진 못한 거죠. 허허!
은령	그런 거 보면, 사장님도 아버님 못지않은 야심가 아닌가요?
분키치	(은령에게) 아버님의 야망에 비한다면 제 야심은 소박한 편 아닐까요?
은령	(침묵)
분키치	한동안 방황하다가, 에라 유학이나 가버리자 하고 영국으로 떠난 것도 그 때문이죠.
준생	이토 공작도 영국 유학에서 돌아와 메이지유신을 주도하신 걸로 알고 있습니다. 아버님의 행로를 밟으셨네요?
분키치	궁금했거든. 젊은 날 영국유학에서 도대체 뭘 보고 배우셨기에 그토록 탐욕스럽고 냉혹하고 야심만만한 인물로 거듭났는지… (이토 돌아본다) 직접 가서 확인해보고 싶었습니다.
은령	(방백, 빈정거리는 어투) 그게 아니라 아버지를 닮고 싶었겠지.
준생	사장님은 뭘 배우셨는데요?

분키치　배웠다기보다 느꼈죠.

준생　뭘 느끼셨습니까?

분키치　압박, 서양문명에 대한 공포. 아마 아버님도 그 공포 때문에 제국주의 침략의 앞잡이가 되셨을 겁니다.

이토　그랬지. 문명화된 영국을 보고 나는 비로소 깨달았다.

　　　일본은 서양을 배워야 한다고. 동양의 서양이 되어야 한다고….

분키치　당신 스스로도 일본이 외국의 침략을 받을지도 모른다는…

　　　불안과 피해의식에 시달려왔어요.

　　　젊었을 때는 그 때문에 영국공사관을 불태울 계획까지 세웠던 분이시죠.

준생　그거야말로 테러 아닙니까?

분키치　맞습니다. 아버님은 한때 과격한 테러리스트였어요. 그런 점에서…

　　　비록 안중근에게 저격당했지만, 마음 깊은 곳에서는 안중근의 행위를 이해하고 싶었을 겁니다.

　　　사실 이 점을 말해주고 싶어서 오늘밤 안 선생을 여기로 모신 겁니다.

준생　굳이 그런 얘기를 왜 저한테…?

분키치　그냥… 불현 듯 그런 생각이 들더군요.

　　　　　　　　　　　　　　　　　　　　　　　　사이.

준생　유학 떠나실 때 아버님이 뭐라고 하시던가요?

분키치　(잠시 생각하다가) 그날은 내 인생에서 가장 인상적인 날이었습니다.

　　　1909년 10월 4일 밤, 아버님이 운명의 날을 20여 일 앞두고 있던 때였죠.

　　　밤이 이슥할 무렵, 아버님이 저를 부르시더군요.

　　　　　　　　분키치, 이토 앞으로 걸어가 그와 마주보고 앉는다.

준생과 은령은 두 사람의 대화 장면을 지켜보며 대사를 한다.

분키치 그날, 운명적인 예감이라도 들었던 겁니까?

죽기 전에 마지막으로 아버지 노릇이라도 하고 싶으셨어요?

그날따라 많은 말씀을 해주셨죠.

해외로 나가는 아들에게 들려주는 훈계와 당부의 말씀.

왠지 모르게 듣기가 좀 거북했습니다.

준생 무슨 말씀을 하시던가요?

분키치 천황에 대한 충성을 가장 먼저 강조하시고, 충성을 맹세하라 강요하셨죠? 충성 다음으로는….

이토 (고개 들어 분키치 바라보며) 충성 다음으로 필요한 것이 지성이다.

지성은 귀신을 울리고, 천지를 움직인다고들 하는데, 이는 진실이다.

나는 젊었을 때부터 심신을 군주에게 바치고 나라를 위해 최선을 다하려고 노력해왔다.

내 마음에는 오로지 지성이란 두 글자뿐이었다.

반드시 귀신을 울리고, 천지를 움직여보겠다는 것이었다.

너도 충의란 두 글자 다음에 지성이란 두 글자를 마음속 깊이 새겨라.

분키치 (이토에게 비웃는 투로) 참으로 지당한 말씀이옵니다.

(은령과 준생에게) 웃기지 않습니까? 그토록 비윤리적인 분이 저토록 윤리적인 말씀을 늘어놓고 계시니 말입니다.

(이토에게) 위선의 아버지여, 어디 계속 말씀해 보시죠.

이토 세상일에는 반드시 겉과 속이 있으므로 단순하게 생각해서는 안 된다.

넓고, 깊게, 사물의 표리를 통찰해 제대로 통하게 하는 것이 안목이다.

관찰을 정밀하게 하는 것이 서양인의 특색이고, 조잡한 것이 동양인의 약점이다.

분키치 예 예, 어련하시겠습니까. 조잡한 아들놈이라서 참으로 죄송스러울 따름입니다.

59

이토	분키치! 어렵고 위험한 상황에 처했던 과거의 체험을 떠올려본 적이 있느냐?
	나는 항상 위험에 노출되어 있다. 과거에는 다소 목숨에 애착을 가졌으나, 요즘에는 덤으로 살고 있다고 여긴다.
	국가에 도움이 된다면 언제고 기꺼이 죽을 수 있다.
분키치	(돌아보며) 어떻습니까? 마치 죽음을 결심한 자의 말처럼 들리지 않습니까?
이토	천하의 일을 추진하노라면 목숨을 걸어야 할 경우가 생긴다.
	나는 내가 지금까지 살아 있다는 것이 이상할 지경이다.
	너도 네 뜻을 이루려면 죽음을 각오하라.
분키치	죽음을 각오하라. 목숨을 그리 가벼이 여겨도 되는 겁니까?
	국가를 위해 기꺼이 목숨을 바치는 것만이 삶의 전부라고 생각하세요?
	그걸 제게도 강요하는 거예요?
이토	(도검에 얼굴 비쳐보며) 황혼에 이르면 어떻게 죽느냐를 선택해야 하는 순간이 온다. 그것이 죽음 이후의 삶을 결정하는 법.
분키치	죽으면 그만 아니겠습니까?
이토	(역정) 이놈이… 네가 일본인임을 부정하고 싶은 게냐?
	일본은 신의 나라다. 누구나 신의 반열에 오를 수 있어.
	국가를 위해 죽은 자에게만 주어지는 자격이지.
분키치	젊은이들을 현혹하여 전쟁터로 내모는 일본정신의 뿌리 아니겠습니까.
이토	진정 그리 생각하느냐?
	내가 왜 네놈을 장자로 삼으려다 말았는지 아직도 모르겠느냐?
분키치	그 때문에 제가 일본 아닌 일본을 상상하게 된 겁니다.
	일본은 무엇보다 먼저 인간의 나라가 되어야 합니다.
이토	못난 놈. 그만 물러가거라.
분키치	어쨌든… 강녕하십시오.

분키치, 이토에게 큰절 올리고 다시 원래 자리로 돌아온다.
이토는 칼날에 비친 얼굴을 오래도록 들여다본다.

분키치   그게 마지막이었습니다. 아버님은 그때 이미 마음의 준비를 하고 있었던 겁니다. 아마 알고 계셨을 거예요.

준생   뭐, 뭘 말입니까?

분키치   그 마지막 여행에서 죽음을 맞게 될 거라는 걸.

준생   지나친 억측 아닐까요? 죽을 줄 알면서도 그 길을 갈 사람이 있을까요?

분키치   능히 그럴 수 있는 분이에요. (사이) 죽어서 다시 태어나는 사람, 그게 영웅이니까요.

준생   (음미하듯) 죽어서 다시 태어난다….

분키치   아버님은 불멸을 꿈꾸셨을 겁니다.
마지막 영웅의 말로를 장엄하게 연출하고 신의 지위에 오르고자 했을 거예요.

준생   말도 안 돼. 억측일 뿐입니다.

분키치   공작 작위를 받으면서 아버님은 이승에서 취할 수 있는 모든 걸 이루셨어요.
인간으로서의 욕망도 넘치도록 채웠겠다, 그야말로 여한이 없는 삶 아니겠어요?
그런 분이 마지막으로 취할 수 있는 꿈이란 게 있다면, 그게 뭐겠어요?
노인네에겐 마지막 최후의 욕망이 아직 남아있었습니다.

은령   불멸의 꿈?

분키치   맞습니다. 말년에는 밤늦도록 도검을 손질하는 게 주요 일과였는데,
밤늦도록 칼과 대화하면서 과연 무슨 생각을 하셨을까요?

은령   사무라이의 죽음을 떠올렸을 수도 있겠네요.

분키치   훌륭하십니다, 부인. 아버님은 당신 최후의 순간을 번뜩이는 칼날에 새기고, 영혼의 칼날에도 새겨 넣었을 테니까요.

은령	(뭔가 비장한 느낌에 사로잡힌 표정으로 긴 한숨 내쉰다)
분키치	아버님은 만주에서 인상적인 이미지로 삶의 최후를 연출하고자 했어요.
	그 영웅적인 이미지로 후세에 길이길이 기억될, 불멸의 삶을 모색했던 겁니다.
	그 여행을 저승길 삼아, 영웅답게 최후를 맞으려고 했던 것인지도 몰라요.
준생	(불쑥 치미는 반발심리) 사장님도 각본을 쓰고 계시네.
	아버님의 죽음을 영웅적으로 치장하고 싶으세요?
분키치	안 선생! 내 말을 오해하신 것 같은데?
준생	그럼 제 아버님의 거사는 뭐가 됩니까? 거기에 이용당한 거예요?

은령이 준생의 무릎을 토닥이며 자제시킨다.

분키치	그거야 일정 부분 그렇다고 보는 게 타당하지 않겠소.
준생	뭐요? 이 양반이 보자보자 하니까….
은령	진정해요, 여보. 아버님을 폄하하신 건 아니잖아요?
분키치	폄하라뇨? 당치도 않습니다. 안중근이야말로 진정 영웅이 아닙니까?

은령, 안중근의 죽음을 떠올린 듯 숙연한 표정이다.
이때 날렵하게 샤막을 뚫고 등장한 안중근,
비장한 얼굴로 자작시 <장부가>의 일부분을 암송한다.

장부가 세상에 처함이여 그 뜻이 크도다
때가 영웅을 지음이여 영웅이 때를 지으리로다
도적 쥐새끼 이등이여 그 목숨 어찌 사람 목숨인고
어찌 이 지경에 이를 줄 알았으리오 도망갈 곳이 없구나
만세 만세, 대한독립이여

안중근 퇴장하고,

분키치   그렇게… 30년 전 만주의 하얼빈 역에서 두 영웅이 탄생한 겁니다.
　　　　　죽고 죽이면서… 하나는 긍정의 영웅, 다른 하나는 일그러진 부정의 영
　　　　　웅으로.

다들 곰곰이 생각에 잠긴 표정이다.

분키치   하지만 모든 일이 그러하듯, 아버님이 의도하신 대로 되지는 않았어요.
은령   칼, 사무라이의 칼, 그게 빠졌어.
분키치   훌륭하십니다. 훌륭해요, 부인.
은령   (멋쩍은 미소)
분키치   아버님은 두 자루의 단도와 사무라이의 검이 든 지팡이를 준비했어요.
　　　　　영웅의 최후를 장식할 소품이라고 할 수 있겠죠.
은령   그걸 미처 사용하지 못한 거죠.
분키치   그때 미처 칼을 빼들지 못한 것, 그걸 인생 최대의 오점이라고 여기셨을
　　　　　겁니다.
　　　　　그런 분이에요, 아버님은…(이토에게 시선 돌린다)

이토, 아쉽다는 듯 지팡이에 칼을 꽂았다 빼드는 동작 반복한다.

분키치   뭐 그래도 소기의 목적은 달성했다고 봐야죠.
　　　　　아버님의 경쟁자들 중 몇몇은 그런 죽음을 부러워하는 자들도 있었어
　　　　　요.

이토의 죽음을 부러워하는 자들의 목소리가 음산하게 무대를 울린다.

목소리1　부럽다. 이토는 정말 운이 좋은 사내다.

　　　　　나는 일개 무사로서 그의 마지막이 얼마나 부러운지 모른다.

목소리2　큰소리로 말할 수는 없지만,

　　　　　이토는 실로 가장 좋은 죽음의 장소에서 최후를 맞았다.

목소리3　어차피 쓰러지는 것이라면 방 안 다다미 위에서가 아니라

　　　　　만주 벌판에서 자객의 손에 쓰러진 것이 오히려 영광스런 죽음이라고

　　　　　생각한다.

　　　　　이토는 실로 화려한 죽음을 맞이했다.

경악하는 준생과 은령.

분키치　두 분, 이제야 제 말을 이해하셨군요. 아버님은 죽지 않았어요.

　　　　　의도하신 대로, 천황과 함께 영원히 일본의 신으로 남을 테지요.

　　　　　(허공 올려다보며) 죽어도 죽지 않는 저 아버지들을 어찌하면 좋단 말인

　　　　　가?

은령과 준생의 얼굴에 드리워지는 절망과 분노의 그림자.

분키치　자, 이제 안 선생이 말할 차례요. 영웅 안중근은 어떤 아버지였습니까?

샤막에 어른거리는 안중근의 거대한 그림자.

준생　아버지… 저도 아버지에 대한 기억이….

분키치　역시 그러시군요. 안 선생이 세 살 무렵에 돌아가셨다죠?

준생　(침묵)

분키치	아쉽네요. 그래도 안 선생이 들려주는 아버지로서의 안중근 얘기가 궁금했는데….
준생	얼굴 한 번 뵌 적도 없는 분입니다.
분키치	그렇다면… 아버지 없는 삶은 어쩌셨습니까?
준생	(잠시 생각하다) 그게 말입니다. 제겐 분명 아버지가 없었는데, 이상하게도 아버지가 없었던 적이 한 번도 없었던 것 같습니다.

은령과 분키치, 고개 갸웃하며 준생을 쳐다본다.

준생	지금도 제게는 무려 2천만에 달하는 아버지들이 있습니다. 2천만의 동포들이 아버지처럼 저를 질책한답니다. 왜 아버지처럼 살지 못했느냐고. 왜 아버지를 배반했느냐고, 왜! 왜! 도대체 왜 매국노, 변절자가 돼버렸는지 묻고 또 묻습니다. (안중근 쳐다보고) 아버님은 가족을 떠나 2천만 국민의 영웅이 되는 길을 선택하셨죠. 그렇게 영웅이 되셨지만, 남은 가족에게 당신은 재앙과도 같았습니다. 저는 아버님과 다른 길을 걸어왔습니다. 가족을 지키고 부양하는 가장으로서의 삶….
분키치	가족에겐 오히려 안 선생이 영웅 아닐까요? 안 선생은 아버님을 대신해, 변절자라는 비난을 감수하며 가족의 영웅이 되는 길을 선택하신 거 아닙니까? 그 선택도 존중받아야 마땅해요! (은령에게) 제 말 맞죠, 부인?

준생과 분키치, 대답을 기대하며 은령을 쳐다본다.
은령, 잠시 난감해하다가 두 사람을 외면해버린다.
고개를 외로 꼬며 의아해하는 분키치.

준생	아무튼 저로선, 2천만의 아버지들에게 이렇게 되묻고 싶은 심정입니다.
	(관객들을 향해) 당신들은 무슨 자격으로 내게 그런 요구를 하는 겁니까?
	어쩌자고 내게 그토록 무거운 짐을 떠안기는 겁니까?
	(은령 눈치 보며) 심지어 자결을 요구하는 사람까지 있지요.
분키치	(의아해한다) 설마 부인께서…?

일그러지는 은령의 얼굴, 참지 못하고 분노를 터뜨린다.

은령	비겁한 왜놈들끼리 잘들 노는구나.
	야, 안준생! 그따위 변명으로 변절의 죄를 씻을 수 있다고 생각해?
분키치	(황당해하며) 부인, 조선에도 아녀자의 도리라는 게 있을진대,
	어디 남편한테 그리 독한 말씀을 하시나….
은령	니가 뭘 안다고 함부로 지껄여. (손 내저으며) 넌 닥치고 있어.
분키치	뭐, 뭐요?
은령	(준생 노려보며) 좋아. 네놈에게 2천만의 목소리를 똑똑히 들려주마.
	안준생 넌, 민족 공통의 꿈을 짓밟아버렸어. 동포들은 그걸 비난하고 있
	을 뿐이라고.
	한국인이라면 누구라도 분노할 만한 일이야!
분키치	부인, 미쳤어요? (준생에게) 이 여자 정말 안 선생 부인 맞아?
	안 선생, 대답해봐. 두 사람 무슨 관계야?

모든 기력을 소진한 듯 어깨 축 늘어뜨린 채 말없이 앉아 있는 준생.

위험을 감지한 분키치, 칼을 잡으려 한다.
순간 은령이 날렵하게 허벅지의 총을 빼든다.

은령	(총 겨누고) 손들어, 이토 분키치!

네놈의 역겨운 장광설을 도저히 참고 들어줄 수가 없구나.

분키치, 미심쩍어 하면서도 순순히 두 손을 들어올린다.

준생　여보, 그러지 마. 그건 계획에 없던 일이잖아.

은령　너도 닥쳐! 역겨운 쇼는 끝났다.

분키치　쇼라고? 너희들 이게 무슨 짓이냐? 정체가 뭐야?

은령　(혀 끌끌 차대며) 말만 살아있는 사내들, 말 투정이나 하며 살아가는 것들.

세상을 이 지경으로 만든 건 너희 같은 아들놈들에게도 책임이 있어.

두 놈 다 아버지 후광으로 먹고사는 주제에 사치스러운 넋두리나 늘어놓고 있잖아.

분키치　(픽, 웃음 터뜨리며) 이년 봐라. 감히 그깟 장난감으로 날 협박해.

은령　그럼 그렇지. 과연 네놈도 늙은 도적 이토의 후예로구나.

분키치　말했잖아. 난 그저 반쪽 아들일 뿐이다.

은령　아니. 넌 이토가 되고 싶어 안달하는 또 다른 이토에 불과해.

분키치　아니라니까! (준생에게) 어이, 안 선생! 내 호의를 악의로 갚아서야 되겠소?

은령　잘 들어, 이토의 아들놈아! 당장 총독부에 연락해서 하야시 오라고 해.

네놈의 목숨 따위에는 관심 없어. 하야시만 넘겨주면 넌 무사할 것이다.

분키치　무서운 조선놈들. 미개한 조센징을 믿었던 내가 잘못이지. 누구냐, 넌?

은령　나? 나는⋯ 대한민국이다. 이 쪽발이 놈아!

분키치　이런 미친년을 봤나.

은령　네놈이 저승의 아버님을 빨리 뵙고 싶은 모양이구나.

하야시 대신 네놈 목숨부터 끊어주지.

은령이 방아쇠 당기려는 찰나, 하야시가 헐레벌떡 등장한다.

하야시　　(노크하며, 다급한 목소리로) 이토 사장, 안에 계십니까?
　　　　　　안준생이 사라졌어요. 혹시 같이 계십니까?

> 분키치가 몸을 일으키려는 순간, 은령의 총이 그의 머리를 가격한다.
> 두 손으로 머리 싸쥐며 신음하는 분키치,
> 은령이 그의 허벅지를 겨누고 발사한다.
> 총소리와 함께 바닥에 나동그라지는 분키치.

하야시　　(거세게 문 두드리며) 이토 사장, 무슨 일입니까? 문 열어요 문!
은령　　　(출입문 쪽으로 달려가며) 잘 왔다, 쥐새끼 같은 놈!

> 언뜻 정신을 차린 준생, 총 빼들고 은령을 겨눈다.

준생　　　안돼요, 안돼! 부탁입니다. 지금 하야시를 죽여 버리면 곤란하다고.

> 문 벌컥 열고 하야시에게 총 겨누는 은령.
> 두 손 번쩍 쳐드는 하야시.

은령　　　반갑다, 하야시 쇼지! 이제야 동지들의 원수를 갚는구나.
준생　　　(절규하듯) 안돼!

> 방아쇠 당기는 은령. 세 발의 총성.
> 고꾸라지는 하야시, 주머니에서 조각칼 꺼내는데,
> 함께 나온 목각인형이 바닥을 구른다.

은령　　　(준생에게 총 겨누고) 너… 참회하는 마음으로 그 곡은 꼭 완성해라.
　　　　　　널 살려두는 이유야.

무대 뒤쪽에서 들려오는 호각소리.
다급하게 달아나는 은령.

암전.

히로시마 상공으로 날아가는 비행기 소리 울린다.

7장. 오리엔트

쿠궁, 하고 울리는 둔중한 폭발음.
샤막 전체에 원폭의 버섯구름이 피어오른다.
샤막 근처에서 피어오르는 스모그. 관객석으로까지 전염되듯
번져가는 공포의 스펙터클.
온갖 신음이 난무하고 죽음의 그림자들이 무대 전체를 맴돈다.
가히 묵시록적인 분위기.

붉게 물든 샤막에 비친 이토의 그림자.

이토   (음험한 목소리) 아메리카여! 이제 누가 전범자인가….

분키치 등장하는데, 목발 하나에 의지한 채 걷고 있다.
너덜너덜한 옷차림, 분진을 덮어쓴 듯 재로 뒤덮인 얼굴이다.

분키치   (넋 나간 표정, 고통스러운 목소리) 재앙이다! 재앙이야….

마주보고 선 분키치와 이토의 그림자.

분키치 당신은 일본을 잘못된 길로 이끌었어요. 똑똑히 보세요. 이게 그 결괍니다.

이토 우리 일본이 먼저 원폭을 개발하지 못한 것이 원통할 뿐.

(단호하게) 문명의 전환기에 일부의 희생은 불가피한 법이다.

분키치 일부의 희생? 저런 재앙의 씨를 뿌렸으면서도 반성을 모르시는군요.

이토 (단호하게) 지금은 반성할 때가 아니다. 내 너에게 마지막 사명을 내리겠다.

분키치 죽은 아비 주제에 사명은 무슨….

이토 온 국민의 뜻을 모아 천황폐하를 지켜라!

분키치 맙소사! 패전한 이상 천황은 절대 그 책임을 면할 수 없어요.

이토 잘 들어, 분키치. 일본은 천황의 나라야. 국민은 오로지 천황을 위해 존재한다.

국민이 천황을 위해 목숨을 바치는 것이야말로 신의 축복이자 영광이지.

분키치 (경악 그리고 분노) 꺼져, 이 악마! 요괴! 내가 전쟁에서 죽어도 그렇게 말하겠지.

분키치, 목발을 휘두르다 고꾸라지고,
이토의 요사스러운 웃음소리 음산하게 울린다.

이토의 그림자 사라지고,
뒤이어 샤막에 드리워지는 안중근의 그림자.

바이올린 들고 등장하는 준생, 안중근과 마주보고 선다.

샤막에 비치는 <오리엔트 환상곡> 악보.
제목 윗부분에 단정하게 쓰여 있는 문구, '아버님께 바칩니다.'

연주하기 시작하는 준생.

안중근은 계속 눈을 감고 있다.
음악을 감상하는 것처럼 보이기도, 아들에게 어떤 결단을 촉구하는 것처럼
보이기도 한다.

준생   (계속 연주하며) 아버지, 용서하소서.

안중근   아들아, 그건 내 몫이 아닌 것 같구나.

준생   죄란 뭔가요? 누가 제게 죄를 물을 수 있나요?

안중근   억울해하지 마라. 민족 앞에 속죄하라.

준생   (연주 멈추고) 제가 왜 그래야 하죠?

안중근   시대의 정의를 위해서다.

준생   정의란 또 무엇입니까?

안중근   정의는… 정의다. 당연한 진리를 묻지 말고 진리의 길을 물어라.

준생   (바이올린 내려놓으며) 그렇다면 제겐… 이 길밖에 없는 것 같습니다.
(허리에 차고 있던 권총 빼들고) 아버님이 남긴 마지막 한 발, 제가 쏘겠
습니다.

안중근   (읊조리듯) 아마도 그것이… 내가 마지막 한 발을 남겨둔 이유였나 보구
나.

기도하듯 두 손 합장하는 안중근.
김아려 등장. "안 돼!" 하고 외치며 아들에게 달려든다.
총구를 옆머리에 대고 방아쇠 당기는 준생.
발사되지 않는다.
어머니의 손을 뿌리치고 다시 방아쇠 당겨보지만,
발사되지 않는다.
주저앉는 준생, 아들을 품에 가두려 애쓰는 김아려.

이때 관객석 통로에 앉아있던 은령이 비장한 얼굴로 무대에 오른다.

은령의 손에 들려있는 총. 그걸 보고 기다렸다는 듯 환해지는 준생의 표정.

은령, 후들거리는 손으로 준생의 머리에 총을 겨누는데…

서서히 암전.

어둠 속에서 법봉 치는 소리가 총성처럼 울린다.

땅!

땅!

땅!

에필로그

<오리엔트 환상곡> 울려 퍼지며 샤막에 차례로 떠오르는 자막.

박문사에서의 화해극에 격노한 백범 김구는 안준생을 처단할 계획을
세웠다.

1945년 11월, 마침내 귀국길에 오른 김구는 상하이에 들러 중국 관리에
게

"민족반역자 안준생을 체포하여 처형하라"고 요청했지만 실행되지 않
았다.

김아려는 해방 후에도 고국 땅을 밟지 못하고 1946년 상하이에서 숨졌
다.

1950년 귀국한 안준생은 1952년 피난 도중 부산에서 폐결핵으로 숨졌다.

부인 정옥녀와 1남2녀의 자녀는 미국 이민을 떠났다.

해방된 조국에 유골을 묻어달라고 했던 안중근의 유언은 아직 이뤄지지 않고 있다.

-막-

물탱크 정류장

물탱크 정류장

등장인물

작가 : 소설 <물탱크 정류장> 집필 중.

한세종 : 30대 초반, 편집회사 직원. 두 번째 물탱크 거주자

황수경 : 20대 후반, 세종의 애인

물탱크사내 : 30대 후반, 물탱크에 거주하던 정체불명의 사내

한세종2 : 세 번째 물탱크 거주자, 물탱크사내 역을 맡은 배우가 연기한다.

은실 : 30대 중반, 수경 역을 맡은 배우가 연기한다.

모란 : 30대 후반

바 주인 : 작가가 연기한다.

설비업체 사장

권 작가 : 40대 초반

신우금융지주 회장과 비서

건물주 : 회장이 연기한다.

골프용품점 매니저 : 권 작가가 연기한다.

팀장 : 30대 중반의 여자, 세종의 직장 상사

일꾼1 2, 모란의 친구, 용역업체 직원들, 행인 등

배우들 모두 1인 다역을 맡아 연기한다. 그러면서 직업적 정체성의 혼란을 드러내는 말투를 자기도 모르게 내뱉곤 한다.

동시에 여러 공간에서 상황이 벌어지곤 하는데, 극의 진행에 참여하지 않고 무대에 남아 있는 배우들도 각자 맡은 배역의 하루를 사는 기분으로 연기해야 한다.

연출은 영상에서의 분할화면기법을 참고할 수 있다.

무대

무대 중앙은 크게 반으로 나눠 하수 쪽은 작품의 메인 무대인 옥탑방,
상수 쪽은 회장실, 편집회사 사무실, 모란의 집 등 다양한 공간으로 활용하도록 한다.
그 뒤편에 물탱크가 놓인 공간이 있고,
무대 위로 계단을 통해 오르내릴 수 있는 2층 갤러리를 설치하여 공사현장을 만들고,
이곳에 스크린으로 활용 가능한 커튼 막을 설치한다.
무대의 다운스테이지는 지하의 바 'BANG'이다. 기다란 바가 있고,
작가가 집필실로 활용하는 바 안쪽 공간에 노트북과 프린터기가 설치되어 있다.

1막

1장

각자 배역에 맞는 안무 동작 취하며 배우들 등장한다.

작가, 무대 중앙으로 나와 관객들 향해 말한다.

작가 안녕하세요. 저는 <물탱크 정류장>이라는 소설을 쓰게 될 예비 작가입니다.

이런 걸 소설이라고 할 수 있을지 모르겠지만, 어쨌든 저로선 처음 써보는 소설입니다.

일주일 전까지만 해도 편집회사에서 필자 겸 편집자로 일했죠.

예, 해고당한 거 맞습니다. (가위질하는 동작 취하며) 직장에서 편집 당해버린 셈이죠.

팀장이 소설 같은 기사를 썼다고 '아웃!'을 선언하더군요.

팀장 (앞으로 나와 야구 심판처럼) 아웃!

너, 그럴 거면 차라리 소설이나 써보지 그래?

작가   니미랄! 이왕 이리 된 거 소설이나 써버리자! 그렇게 된 겁니다. 충동적이 었죠.

지금은 아는 형님이 운영하는, (바가 설치된 무대 바라보며) 이 술집을 봐 주고 있어요. 제겐 일종의 정류장인 셈이죠.

여기서 임시로 바텐더 노릇 좀 하면서 소설을 완성해볼 생각입니다.

이 무대에는 제 소설의 공간적 배경이 곳곳에 들어서 있습니다.

저 뒤쪽에 있는 물탱크 보이시죠?

저 물탱크야말로 소설의 중심 무대라고 할 수 있습니다.

저곳에서 결정적 사건이 벌어지니까요.

그리고 저쪽에 옥탑방이 있는데, 제가 사는 곳이기도 합니다.

결혼까지 생각하고 있는, (수경이 손 흔들며 웃음지어 보인다)

저 친구 황수경과 동거 중인데, 제가 회사 잘리고 나서 급격히 사이가 벌 어졌어요.

결혼은커녕 곧 헤어지게 될지도 모르겠네요. 그리고…

(물탱크 사내가 관객들에게 환영의 제스처를 취한다)

저 친구는 사실 1년 전에 죽은 놈입니다. 제가 이사오기 전까지 옥탑방 에 살았는데,

건물주가 보증금 올리는 바람에 은행 대출을 받아야 했고,

생활고까지 겹치자 불법 사채까지 끌어다 썼다나 봐요.

사채꾼이야말로 가장 지옥에 어울리는 최악의 직업 아닐까요?

저 친구도 사채꾼들 횡포에 인간으로서의 마지막 자존감마저 탈탈 털 리고, 결국 지옥행 열차에 탑승하고 만 거죠. 저는 이거 자살이라고 생각 안 해요.

건물주와 사채꾼 놈들이 지옥행 티켓을 강매한 결과라고 봅니다.

저 친구가 유서에 이런 말을 남겼다고 해요.

물탱크사내   (앞으로 한 발짝 나서며) 나는 이 지옥에서 저 지옥으로 간다.
빚을 받으려거든 저 지옥으로 찾아와라!

작가   어쨌거나 저 친구 얘기 들으면서 왠지 남의 일 같지 않더군요.
무작정 그를 살려내고 싶었습니다.
고심하던 차에, 물탱크가 찰랑, 찰랑거리며 어떤 계시처럼 딱 떠올랐어
요.
그 순간, 죽었다던 저 친구가 물탱크 뚜껑을 열고 제 앞으로 걸어 나온
겁니다.
말하자면 저 신비로운 물탱크는, 죽음과 재생이 동시에 이루어지는 신
화적인 공간이라고 할 수 있겠습니다.
그런 물탱크가 정말 있다면, 저도 그 안에서 전혀 다른 사람으로 다시 태
어나고 싶네요.
(관객들 둘러보며) 여러분은 어떻습니까? 어떤 사람으로 변신해보고 싶
으세요?
(손목시계로 시간 확인하고) 벌써 시간이… 연극 보시고 다들 한잔하러
오실 거죠?

> 권 작가, 바에 들어가 술을 마시기 시작한다.
> 몇몇 배우들도 입맛을 다시며 바로 향한다.

작가   아, 제 이름은 한, 세, 종입니다.
(세종 가리키며) 저 친구가 제 소설의 주인공인데요, 저와 같은 이름을
지어줬습니다.
이건 제 얘기니까요. 어쩌면 저는 소설이 아니라 르포를 쓰고 있는지도
모르겠습니다.

남은 배우들도 각자의 자리를 찾아 움직인다.

작가   자, 그럼 우리도 <물탱크 정류장> 속으로 들어가 보실까요?

먼저, 물탱크 안에 들어가 봅시다. 저도 가끔 물탱크에 들어가 휴식을 취하곤 합니다.

1인용 생활공간으로 쓰기에도 충분한 공간이죠. 물론 처음엔 좀 답답할 수 있어요.

하지만 적응이 되면 편안한 휴식이 찾아옵니다.

피로할 때, 물탱크에 물을 반쯤 채워 매트를 띄우고 거기 드러누워 보세요. 지상에선 찾을 수 없는 휴식을 맛보게 될 겁니다.

벌써 서서히 졸음이 몰려오는 것 같죠?

그러시다면 잠시 쪽잠의 단맛을 즐기셔도 좋습니다. 주무세요. 편안히… 잠에서 깨어나면 당신은 전혀 다른 인물로 변신해 있을 겁니다.

물탱크 쿨렁거리는 소리와 함께 서서히 암전.

2장

물탱크 안에 물탱크사내 누워 있고, 바 안에서
노트북 자판 두드리고 있는 작가.
갑자기 울려 퍼지는 빗소리. 빗소리 들으며 생각에 잠기는 작가.

헐레벌떡 옥탑방에서 나온 세종, 신우금융지주 회장실로 향한다.
회장실에는 이미 회장과 비서, 팀장이 자리 잡고 대기 중이다.

회장은 골프 버팅연습에 열중하고 있다. 공이 홀인할 때마다 "나이스 샷!"
연발하는 비서.

노크소리 울리고, 세종 들어선다.
꾸벅 꾸벅 고개 숙이며 팀장 옆에 앉는 세종.

팀장 (낮은 목소리로, 위협하듯) 너 또 지각이냐? 권 작가는 어떻게 된 거야?

세종 그분, 아직 안 왔어요?

팀장 연락도 안 돼.

회장 (스윙 자세 바로 잡으며) 무슨 문제 있나?

팀장 아, 아닙니다, 회장님. 조금만 기다리시면….

회장 (무시하고, 비서에게) 다음 일정 뭐지?

비서 12시, 일본 금융인들과 오찬 및 골프 회동이 있습니다.

회장 좋아. 이 말도 안 되는 인터뷰 따위 집어치우고, 골프모임 보고서나 가져
와. (팀장 노려보며) 무례하구만.

팀장, 고개 숙여 용서 구하고, 눈치 보던 세종은 냉큼 무릎 꿇고
머리를 조아린다.

회장 (손가락질하며 비서에게) 얼른 이것들 내보내라고. 무슨 일을 이따위로
하나?

팀장 제발 한번만 더 기회를 주십시오. 다른 작가 섭외해서 다시 찾아뵙겠습
니다.

세종 제 잘못입니다, 회장님. (엉겁결에 내뱉는다) 제가 목숨 걸고 해결하겠습
니다.

회장 오호~ 목숨을 거시겠다? 젊은 친구가… 경솔하구만.
(악의적인 미소) 좋아. 기회를 한번 주지.

회장이 골프채로 세종의 머리를 겨누며 비서에게 지시를 내리고,
비서가 세종의 머리 위에 골프공을 올려놓는다.

81

세종 앞에서 몇 차례 스윙 선보이는 회장,

골프채가 눈앞을 아슬아슬하게 비껴갈 때마다 찔끔찔끔 눈을 감는 세종.
세종의 머리에서 골프공이 떨어진다. 골프공 집어 머리에 올려놓는 세종.

회장   한번 실수로 인생 훅 가는 수가 있어.

자네가 또 공 떨어뜨리면 두 번 다시 우리 회사 오더는 받지 못할 거고,
(팀장 쳐다보고) 니들 회사도 무사하지 못할 거야. 알아들어?

회장이 골프채 치켜든 순간, 권 작가 비틀거리며 들어선다.

권작가   이거 참… 어쩌다보니 제가 새벽까지 과음을 해버렸네요.

반사적으로 "죄송합니다!" 외치며 다시 무릎 꿇고 고개 푹 꺾는
팀장과 세종.

회장   (골프채 흔들어대며) 작가라는 사람이… 그래가지고 인터뷰가 되겠어?

권작가   (골프채에 눈길 고정, 무심한 어투) 어차피 인터뷰란 게 그런 거 아니겠습니까?

비서실이나 홍보실에서 준비해준 자료를 토대로 회장님의 이력과 이미지를 최대한 좋은 쪽으로 살리고 살려서… (두 손으로 골프채 잡아당기며) 와! 이건 국내에 하나밖에 없다는 타이거우즈 골프채 아닙니까? 이놈을 여기서 보게 되네요.

회장, 얼결에 권 작가에게 골프채를 넘겨준다.

권 작가, 스윙 선보인다.

할 말을 잃고 멍하니 바라보던 회장, 권 작가의 스윙 자세를 유심히 살핀다.

권작가   회장님, 몇 타나 치십니까?

비서   (권 작가 팔을 붙들며) 골프채 이리 주시죠. (팀장에게 제지하라는 듯) 팀
장님!?

회장   (좀 더 두고 보자는 듯 비서 제지하며) 그러는 선생은 몇 타나 치시나?

권작가   저는 싱글 칩니다.

회장   (믿기지 않는다는 듯) 싱글!?

회장 얼굴 환해진다. 어리둥절해하며 일어서는 팀장과 세종.

회장   혼또니 싱글데스까?

권작가   혼또니 싱글데쓰네.

권 작가, 싱긋 웃으며 여유롭게 스윙 동작 취한다.

회장   스고이~! 센세, 작가 센세!

권작가   예, 회장님.

회장   내가 말야, 오후에 골프 라운딩이 있는데, 오늘만큼은 꼭 이기고 싶거든.

권작가   이해합니다. 게다가 오늘 라운딩은 한일전이라면서요?

회장   어느새 그것까지 알아보셨나? 센세, 역시 작가답구만. 몰라봐서 미안하
네.

권작가   아닙니다. 오늘은 제가 프로답지 못했습니다.

회장   프로? 골프선수 출신 작가가 있었다니… 놀랍구만.

권작가   (난처한 표정) 아… 아직 프로는 아니고….

회장   (약간 실망한 표정)

권작가   제가 미셸 위 선수가 첫 우승을 했던 LPGA투어 르포를 발표한 적이 있

는데요….

회장 오, 미셸 위… 존경할 만한 골퍼지. 대단한 골프 역사의 한 페이지를 기록
하셨군.

권작가 제가 그때 골프의 매력에 흘려가지고 골프채를 잡기 시작했다는 거 아
닙니까. 요즘은 프로로 한 번 나서볼까, 고민하고 있어요. 오만한 생각이
죠.(웃음)

회장 아냐, 아냐. 스윙 폼만 봐도 프로급이던걸.(사이) 이봐요, 권 프로.

권작가 예, 회장님.

회장 내가 말야, 아이언 샷은 웬만큼 자신이 있어요.

권작가 드라이버 샷이 좀 불안하시죠?

회장 그건 또 어떻게…? 이유가 뭘까?

권작가 그거야 뭐, 회장님께서 심리적인 분석 능력이 파워풀하다는 걸 말해주
는 거죠.
대개 드라이버는 신체적인 운동능력에 따라 좌우되는 비중이 크고, 아
이언은 상대적으로 지적 능력에 많은 영향을 받습니다.
아, 제가 잠시 원 포인트 레슨을 해드려도 될까요?

회장 (정중하게 고개 숙이며) 부탁 좀 할까요, 권 프로.

　　　권 작가의 골프레슨 시작되고, 멍한 표정으로 흘끔거리는 팀장, 세종, 비서.

비서 (시간 확인하고 조심스럽게 다가가) 회장님. 다음 스케줄이….

회장 (약간 짜증스런 말투) 지금 준비 중이잖나.

권작가 (눈치 채고) 회장님, 그럼 오늘 레슨… 아니 인터뷰는 여기서 마무리하고,
기사는 제가 자료검토해서 작성해 올리도록 하겠습니다.

회장 그거야 뭐, 권 프로가 알아서 잘 써주시리라 믿고…
언제 필드에서 한 번 볼 수 있겠나?

권작가 저야 영광이죠. 그런데 말이죠, 회장님.(장난스럽게) 펑크 내시면 곤란합

니다.

회장　　당연하지. 내가 말야, 아버님 장례식 날도 라운딩 약속 지킨 사람이야.

권작가　　(엄지 치켜세우며) 진정한 골퍼이십니다. 오늘 한일전도 꼭 승리하시기 바랍니다.

회장　　아리가또, 아리가또!

　　　　　　　　　　　　　　　　　　　　　　악수 나누고, 헤어지는 일행.

　　　　　　　골프 용품점 매니저로 변신한 권 작가, 골프 용품 가게로 들어간다.
　　　　　　　세종도 축 처진 몰골로 골프 용품점으로 향한다.

세종　　(놀란 눈으로 매니저 바라보며) 권 작가님? 기사는 잘 쓰고 계시죠?

매니저　　(주위 둘러보며) 예?

세종　　(고개 갸우뚱하며) 아, 아닙니다.

매니저　　(의아하다는 듯) 우리가 어디서 만난 적이 있었던가요?

세종　　모르죠. 어딘가에서 마주쳤을지도….

매니저　　필드에서 봤나?

세종　　온 세상이 필드 아닌가요?

매너지　　잘 아시네. 필드야말로 인생 그 자체죠. 손님도 골프에 입문해 보시려고?

세종　　제 처지에 골프는 무슨… 그냥 장식용으로 골프채 하나 구입하려구요.

매니저　　아하하, 재밌는 분이시네. 손님 내가 충고 하나 해드릴까?
　　　　　　모름지기 이 나라에선 골프 좀 친다고 깝죽댈 줄 알아야 성공할 수 있어요.
　　　　　　성공한 인물치고 골프 못 치는 사람 본 적 있어요?
　　　　　　(골프채를 쑥 뽑아들고) 그래서, 우리에겐 이런 무기가 필요한 겁니다.

세종　　(골프채 받아들고) 무기라… 이런 막대기는 얼마나 합니까?

매니저	그건 막대기가 아니라 일제 킹코브라 카본아이언 제품인데요,
	값이 제법 나갑니다.
세종	(신용카드 꺼내며 통명스럽게) 얼만데요?
매니저	(반색하며) 특별할인가로 모시겠습니다.
세종	(카드 건네며) 얼마나… 하죠? (갑자기 화난 말투) 할부 되죠?

골프채 무기처럼 들고 매니저 향해 스윙동작 선보이는 세종.

매니저	어이쿠! 고객님, 그건 사람 잡는 무기가 아닙니다요.

집으로 돌아온 세종, 자세 잡고 골프채 휘두르다 넘어진다.
툭툭 털고 일어난 세종, 물탱크 발견하고 의아해하며 다가간다.

스크린에 비치는 노트북 화면. 작가가 쓴 글이 떠올라 있다.

모니터 바라보며 낭독하듯 읽어 내려가는 작가.

작가	옥탑 구석 한쪽에 세로로 드러누운 채 방치되어 있는 노란 물탱크 하나.
	길이 185센티미터의 원통에 지름 45센티미터 정도의 뚜껑이 달려 있는
	물탱크였다. 그 안에 들어앉아 있으면 도무지 이해할 수 없는 일들이 벌
	어지고, 바깥세상과는 전혀 다른 차원의 **혁명적인** 시공간과 맞닥뜨리
	게 되는 물탱크….

물탱크에 집중되는 조명. 숨 쉬듯 쿨렁거리는 물탱크.

3장

건물주가 누군가와 통화하며 무대로 나온다.

건물주	누구? 아, 408호? 알아요, 알아. 계약기간 1년 남은 것도 알고, 사정도 알겠는데… 나도 어쩔 수가 없어. 뭐? 그놈의 사정은… 자네가 사채빚 받아 쓴 게 내 책임인가?
	내가 무슨 복지사업 하는 사람도 아니잖아?
	다른 원룸들은 벌써 2년 전에 월세 10만원씩 올렸더라고.
	나만 몰랐어. 부동산 놈들도 믿을 수가 없다니까. 망할 사기꾼 놈들.

건물주 계속 통화하며 무대 밖으로 나간다.

퇴근해 돌아온 세종, 물탱크 가까이 다가간다.

안에서 뭔가 꿈틀 움직이는 기척, 누군가의 숨소리도 감지된다.

히뜩 주위 둘러보는 세종. 뚜껑 손잡이 잡고 당겨본다. 열리지 않는다.

세종	(손바닥으로 외벽 탁탁 두드리며) 거기 누구 있어요?

물탱크 뚜껑이 육중한 소음과 함께 열린다. 불쑥 고개 내미는 물탱크사내.

짧은 비명 내지르며 뒤로 물러서는 세종.

세종	이봐요, 아저씨. 여기서 뭐하는 겁니까?
물탱크사내	(어눌한 목소리) 아넝, 하아세요? 여기가 지옥인가요?
세종	뭡니까? 설마… 여기서 살아요? 물탱크에서?
물탱크사내	이 지옥인가요, 저 지옥인가요?
세종	(생뚱맞다는 듯 쳐다보며) 무슨 개소리야? 일단 밖으로 좀 나오시죠. (끌어낸다)
물탱크사내	아무튼 바, 반갑습니다.
세종	언제부터 여기서 지낸 겁니까?
물탱크사내	잘 모, 모르겠습니다.
세종	집이 없는 겁니까, 집을 나온 겁니까?

(안을 들여다보고 감탄어린 표정) 와, 잘 꾸며놓고 사시네.

건물주 등장. 세종과 눈길 마주친다.

세종	(고개 꾸벅하며) 안녕하세요, 어르신. 마침 잘 오셨네요.
건물주	(짜증스레) 자네, 왜 이렇게 전화 안 받어?
세종	죄송합니다. 아깐 업무 중이라서….
건물주	문자 보낸 거 봤지?
세종	아, 그거… 그런데요, 어르신. 전 아직 계약기간 1년 반이나 남았잖아요. 근데 갑자기 보증금을 천이나 올려달라니요?
건물주	그게 힘들면 담달부터 월세 10만 원 더 내던가.
세종	못합니다, 그렇게는.
건물주	그럼 당장 방 비워.
세종	아무리 건물주라지만, 너무 하시는 거 아닙니까? 엄연히 법에 보장된 세입자의 권리라는 게 있어요.
건물주	세입자의 권리 좋지. 하지만 나도 지금 건물주로서 권리를 행사하고 있는 거라고. 나도 상황이 급하게 됐다니까 그러네. 이혼한 마누라가 위자료 내놓으라고 난리야. 술집에서 굴러먹던 젊은 년 하나 안사람으로 덜컥 들어앉혔더니 이게 어느새 흡혈귀가 돼버렸어. 내가 요즘 아주 피가 말라요, 피가….
세종	그거야 어르신 사정이죠.
건물주	(빤히 쳐다보며) 그래, 내 사정 맞구만. 보증금, 월세 오른 건 자네 사정이고. 그렇지? 어이, 자네만 올리는 거 아냐. 세입자들 모두 천씩 올리기로 했어.
세종	억지 부리지 마시고, (물탱크 가리키며) 저 물탱크에 사는 사람이나 처리해 주시죠.
건물주	(물탱크를 쳐다보며) 뭐? 물탱크에 사람이 살아?

　　　　　　　　　　　물탱크 쪽으로 걸어가는 세종. 그 뒤를 따르는 건물주.
　　　　　　　　　　　세종, 물탱크 출입문 열어젖힌다.

세종　　　　보세요. 여기 사람이 있어요. 사람이 살고 있단 말입니다.

건물주　　　(안쪽으로 고개 디밀고) 자네 누군가? 언제부터 여기 살았어?

세종　　　　(뭔가 기억이 떠오른 듯) 혹시… 전에 여기 옥탑방에 살던 사람 아닐까
　　　　　　　요?

건물주　　　이놈 봐라. 이게 다 뭐냐? 이놈이 내 물탱크에 방을 만들어 놨네.

물탱크사내　안녕하세요, 저승사자님. 지옥까지 빚 받으러 오신 건가요?

건물주　　　지옥 같은 소리 하고 자빠졌네. 임마, 내가 보기엔 이 물탱크가 천국이다
　　　　　　　천국!
　　　　　　　너 임마, 어찌된 일인지 모르겠지만, 여기서 계속 살려면 월세라도 내야
　　　　　　　겠지?
　　　　　　　그렇게 못하겠음 당장 천국에서 나가!

세종　　　　(황당하다는 듯) 이보세요, 어르신!
　　　　　　　나 참… 조물주 위에 건물주라더니, 지금 낙원추방하시는 겁니까? 하나
　　　　　　　님이세요?

건물주　　　자넨 가만있어. 내 건물 내 맘대로 하겠다는데 웬 참견이야. 주제도 모르
　　　　　　　고….

세종　　　　아니, 물탱크에 월세를 매기는 법이 어딨습니까?

건물주　　　법업? 감히 어디서 법타령이야?
　　　　　　　야 임마, 이 건물 주인은 나고, 여기선 내 말이 법이다.
　　　　　　　(물탱크 흔들어대며) 너 이리 못 나와?

물탱크사내　저, 저승사자님… 살려주세요, 제발요. 살려주세요.

건물주　　　살려줄 테니까 월세 내면서 살라고 이놈아.
　　　　　　　(세종에게) 자네도 담달부터 월세 더 안내면 보증금에서 깔 테니까 그리

알아.

세종 사정 좀 봐주세요, 하나님! 갑자기 이러시면 제가 또 어디로 가겠습니까,

하나님!

건물주 무슨 놈의 사정들이 그리도 많은지 원…

정 갈 데 없음 너도 이 물탱크에서 같이 살든가 이놈아!

아니지. 이건 내 물탱크니까 다른 집 물탱크에 들어가 살아.

킬킬거리며 퇴장하는 건물주.

서서히 어두워지는 무대.

무대 밝아지면, 옥탑방에서 세종이 노트북 자판 두드리고 있고,

수경은 침대에 쿠션 받치고 비스듬히 앉아 귀에 이어폰 꽂고 노트북으로

드라마 보는 중.

침대에 놓인 수경의 휴대폰 울린다.

발신번호 확인하고 반가운 기색으로 전화 받는 수경.

수경 박 선배? 어떻게 됐어요?(실망한 얼굴)아… 그래. 할 수 없죠 뭐.

나중에 또 자리 나면 부탁드릴게요. 예? 선배도 정리해고 대상이라고?

정말? 선배 같은 특급 애널리스트도 정리 대상이 될 수 있는 거구나.

진짜 살벌하다, 요즘. 아, 본부장님은? 그 분도?

그래요. 언제 술이나 한잔해요, 선배.

통화 마치고 허벅지에 올려놓은 노트북 팽개치는 수경.

침대에서 내려와 골프채 집어 들고 괴성 지르며 쿠션을 마구 내리친다.

세종 (급히 수경 제지하며) 진정해. 어차피 거기도 계약직이라며.

수경	박 선배 인맥 타고 가면 정규직으로 올라가는 것도 가능할 줄 알았거든.
	영업본부장이랑 셋이서 술자리도 같이 하고 그랬는데…
	호텔 바에 가서 한잔 더 하자고 추근거릴 때, 못이기는 척 들어줄 걸 그
	랬나.
세종	그건 좀 아니지 않냐?
수경	아니지. 아는데… 왜 그게 맞는 것 같지?
세종	아닌 건 아닌 거다.
수경	아, 몰라. 오늘은 그냥 술이나 진탕 퍼마시고 죽어버리고 싶어.

수경 밖으로 나가고, 세종은 다시 노트북 앞에 앉아 자판을 두드린다.

4장

편집회사 사무실. 팀장이 세종을 앞에 세워놓고 질책하고 있다.

팀장	너 요즘 소설 쓰니?
세종	예?
팀장	(A4용지로 출력한 세종의 기사 휙 던지며) 뭐? 물탱크 파라다이스?
	물탱크에 사람이 살아? 그게 고시원 방보다 낫다고?
세종	팀장님. 소설이 아니라 진짜 그런 사람이 있어요.
	(휴대폰으로 찍은 사진 보여주며) 이거 보세요. 100퍼 팩트라니까요.
팀장	(보지도 않고) 너 자꾸 헛소리 할래? (노려본다)
세종	(한숨 쉬며) 죄송합니다. 다시 써보겠습니다.
팀장	다시 쓴다고 뭐가 나오겠어? 준비된 소재는 있어? 오늘 마감할 수나 있
	겠냐고?
세종	요즘 땅콩주택이 이슈잖아요? 물탱크주택을 개발한 건축가가 있는데
	그 분을….

팀장	또 그놈의 물탱크… 됐어. 넌 아웃이야.
	권 작가 인터뷰 기사 지면 늘려서 편집하기로 했으니까, 신경 꺼.
세종	(불안한 표정) 무슨 의미죠?
팀장	회장님이 권 작가 기사 보시고 대단히 흡족해 하셨다던데.
	(얼굴 돌리며) 그래서 그분을 객원기자 겸 기획위원으로 모시기로 했어.
	정기적으로 회장님 골프 레슨도 해주기로 했다니까,
	우리한텐 든든한 빽이 하나 생긴 셈이지. 이거, 사장님 결정사항이야.
세종	그럼 전, 정말 아웃이란 말인가요?
팀장	너도 좀 쉬면서 골프 레슨이라도 받아보는 건 어때?
	이 기회에 아예 소설에 전념해 보시던가.
	물탱크에 들어가 살면서 백만부짜리 베스트셀러 하나, 빵 터뜨려봐.
세종	(비로소 사태 깨닫고) 앞으로 잘 하겠습니다. 다신 이런 실수 안 할게요.
팀장	너 그때 회장님 말씀 기억 안 나?
세종	무슨…?
팀장	(회장 말투 흉내 내며) '딱 한 번 실수로 인생 훅 가는 수가 있어.'
	새겨들었어야지. 삶이라는 전쟁터에서 낙오하지 않으려면….
세종	(믿기지 않는다는 듯) 팀장님, 이게 해고사유가 된다고 생각하세요? 아니죠?
팀장	세종아! 아직도 모르는 것 같은데, 이거 꽤 심각한 사안이야.
	신우금융이 우리 회사 최대 고객사라는 건 너도 알지?
	거기 VIP들에게 제공되는 잡지에 이 얼토당토않은 글이 실렸봐.
	우리 회사 바로 아웃 아니겠니? 너 때문에 회사 전체가 날벼락 맞을 뻔했다고.
세종	과장이 심하시네요.
팀장	(손짓하며) 나가!

다른 배우들 모두 무대로 몰려나와 "나가!""나가!" 외치며 세종을 구석으

로 몰아간다.

구석에 몰려 웅크리고 있던 세종, 무기력하게 퇴장한다.

암전.

옥탑방 안. 수경 잠들어 있고, 옥상에서 어슬렁거리는 물탱크사내.
세종이 취한 듯 비틀거리며 옥상에 들어서자, 급히 몸을 숨기는 물탱크사내.
세종, 털썩 주저앉아 물탱크 벽에 몸을 기댄다.

세종 (물탱크 뚜껑 두드리며 간절하게) 이봐요, 혹시 안에 있나요? 거긴 어때
요?

마법처럼 물탱크 문이 스르르 열린다.
안으로 미끄러져 들어간 세종, 황홀한 표정으로 잠에 빠져든다.

스크린에 비치는 몽상적인 애니메이션 영상, 무대 전체를 적시듯 흐른다.

작가, 영상 시작과 함께 물탱크 주변에서 어슬렁거리며
자신의 글을 낭독한다.

작가 갑자기 거부할 수 없는 감각의 폭풍이 한꺼번에 몰려왔다.
그 틈을 타 사내는 세종의 주머니를 뒤져 휴대폰과 지갑을 꺼내 챙겼다.

물탱크사내, 물탱크 안에서 세종의 옷과 가방 챙긴다.

물탱크사내 (손 흔들며) 잘 있어요. 행운을 빌어요, 친구.

작가	가물거리는 의식 속에서 사내의 목소리가 꿈결처럼 들렸다. 어디선가 비틀스의 <노란 잠수함>이 환청처럼 희미하게 들려왔다. 세종은 깜빡 잠이 들었다가 오랜 시간 바다 속에서 노니는 꿈에서 허우적거렸다. 그때부터 얼마나 잠들어 있었는지 모를 기나긴 잠에 빠져들었던 것 같았다. <u>기억은 거기까지였다.</u>

물탱크사내, 세종의 재킷에서 지갑 꺼내 신분증 보며 읊조린다. "한, 세, 종." 재킷 입고 가방 어깨에 걸친 채 어슬렁거리다가 뭔가 결심한 듯 옥탑방으로 들어간다.

5장

수경과 물탱크사내, 옥탑방에 나란히 누워 잠들어 있고, 쿨렁, 쿨렁 물탱크가 숨을 쉬는 듯한 소리와 함께 세종이 퍼뜩 잠에서 깬다.

세종　(황망한 목소리) 뭐야! 어쩌다 여기서 잠들어버렸지?

허둥지둥 물탱크 밖으로 나온 세종, 급히 옥탑방 문 두드린다.

세종　수경아! 나야, 문 열어.
수경·물탱크사내　(동시에 벌떡 몸을 일으킨다. 불안해하는 표정과 목소리) 누구지?

물탱크사내, 출입문 쪽으로 향한다.

물탱크사내　(문 열고 고개 내밀며) 뭡니까, 이 늦은 밤에?
세종　어!? 당신이 왜 여기서 나와? (위아래로 훑어보다가) 내 옷까지 입고… 너 여기서 무슨 짓 한 거야?
물탱크사내　뭔데? 당신 나 알아?

세종	이게 무슨 개수작이야? 당신 나 몰라?
물탱크사내	모른다고 하잖아. 이 사람이 어디 와서 행패야!
세종	하! 이 새끼가….
물탱크사내	뭐? 이 새끼?
세종	장난 그만하고 당장 물탱크로 돌아가. 거기가 당신 집이잖아?
	근데 왜 내 집에서 주인노릇을 하고 있냐고?
물탱크사내	딱 보면 모르겠냐? 내가 주인님이시다. (세종을 거세게 밀어버린다)
수경	(출입문 쪽으로 나오며) 누군데 이렇게 시끄러워?
세종	야, 황수경! 너 이 새끼랑 같이 있었던 거야?
수경	(안에서 고개만 내밀고) 누구세요? 아 물탱크에 사시는 분이구나.
세종	내가?
수경	거기 살만해요? 저도 한 번 들어가 보고 싶은데, 언제 초대 좀 해주세요.
세종	뭐, 하룻밤 지내기에는 나쁘지 않지. 근데 너, 장난 그만해라.
수경	무례하시다. 초면에 반말을… 저 아세요?
세종	이 나쁜 년. 니들 뭐야? 일단, 들어가서 얘기하자.

세종이 안으로 상체를 들이밀자 물탱크사내가 어깨를 잡아챈다.

세종	(버둥거리며) 이거 놔. 못 놔?
물탱크사내	제발 좀 가라, 가. 건물주한테 얘기해서 당장 쫓아내든가 해야지 원.
세종	누가 할 소릴… 너 각오해. 다른 물탱크 알아봐야 할 거야.
수경	뭐라는 거야, 이 아저씨가. 잠이 덜 깨셨나? 정말, 우릴 아세요?
세종	우리?
물탱크사내	들어가 있어. 내가 알아서 할게.
수경	잠깐만. (세종에게) 네. 우리요.

물탱크사내, 뭔가 작심한 듯 방으로 들어간다.

세종   (수경에게 다가가며) 뭐야 너. 저 새끼하고 언제부터였니?

수경   (세종 피하며) 왜 이러세요? 거기서 얘기해. 아악, 오빠야!

> 골프채 들고 나온 물탱크사내. 세종 향해 휘두른다.
> 머리 맞고 쓰러지는 세종.

> 수경과 물탱크사내, 다급히 세종을 물탱크로 옮긴다.

6장

> 세종 물탱크 안 의자에 앉아 있고, 옥탑방의 수경은 화장을 하고 있다.
> 벌떡 일어나 옥탑방으로 가는 세종.

세종   (문 탕탕 두드리며) 야, 황수경! 그만 끝내자. 깨끗이 정리하자고.

수경   저 찌질이 아저씨, 또 지랄이네.

> 수경, 귀찮은 얼굴로 출입문 가까이 다가간다.

> 출입문을 사이에 두고 벌어지는 수경과 세종의 대립.

수경   난 그쪽이랑 정리할 게 없는데. 너 계속 그러면 경찰 부른다.

세종   그래. 불러라, 불러. 내가 할까? 핸드폰 줘봐.

            이 새끼가 내 핸드폰, 지갑까지 몽땅 챙겨갔어.

수경   병신아, 니가 원래 물탱크에서 빈털터리로 살고 있었던 거잖아?

            이게 어디서 오빠를 도둑으로 몰아.

세종   (빈정거리듯) 별일이네. 난 니가 박 선배한테 갈 줄 알았다.

수경, 문 벌컥 연다.

수경   니가 박 선배를 어떻게 알아? 너 누구야?

세종   박민호, 38세. 이혼남. 나라금융 애널리스트. 내가 이 자식을 어떻게 알겠냐? 어?
니가 툭하면 그 선배 얘기로 내 자존심 깔아뭉갰잖아.
연봉 2억 처받으시는 베스트 애널리스트라고.

수경, 골프채 들고 나온다. 흠칫 놀라 뒤로 몇 걸음 물러나는 세종.

수경   (골프채 꼬나들고) 너 스토커야? 그걸 니가 왜 알고 있어?

세종   니가 말해줬으니까 알지, 이년아! 너 언제까지 이럴 거야?

수경, 골프채 휘두르며 세종 위협한다. 비틀거리며 뒷걸음치는 세종.

세종   그거 내놔. 내 거야, 내 무기라고.

수경이 휘두른 골프채에 허리 맞고 비명 지르며 펄쩍 뛰는 세종.
수경이 세종을 물탱크로 몰아간다.

세종 물탱크로 퇴각하고, 수경은 옥탑방으로 들어간다.

<u>7장</u>

물탱크 안. 눈 번쩍 뜨고 일어난 세종, 밖으로 나간다.

옥탑방의 수경은 침대에 비스듬히 누워 주식관련 책을 보고 있다.
베개 옆에 놓인 수경의 휴대폰이 울린다.

97

수경	박 선배? 뭐? 신우금융지주 강성태 회장 만나기로 했다고?
	그럼 거기로 스카웃되는 거야? 와, 정말 잘 됐다. 축하해 선배.
	나야 좋지. 그래. 축하주 마셔야지. 그럼 내일 봐.

수경이 전화 끊자마자 세종 들어선다.

세종과 수경, 눈길 마주친다. 둘 사이에 오가는 미묘한 심리.

수경은 세종을 알아본 듯하고, 세종은 제발 그러기를 갈망하는 눈치다.

세종	(성큼 다가서며) 그래, 나야 나. 기억나지? 이제 알아보겠냐?
수경	(냉큼 골프채 들고 접근을 차단한다) 알긴 개뿔! 대체 왜 그러는 건데?
	왜 자꾸 남의 집에 쳐들어와서 행패야, 행패가?
세종	제발, 정신 좀 차려라, 이 개 같은 년아!
수경	(골프채 휘두르며) 이런 개자식이!
세종	(주춤주춤 물러나다 엉덩방아 찧는다) 그만 하자, 제발.
	나 알잖아. 엉? 안다고 좀 해줘, 수경아~.
	(울먹이는 소리) 나 무서워. 왜 내게 이런 일이 벌어진 거지?
수경	이봐요, 찌질이 아저씨! 정말 나한테 왜 이러는 건데요?
세종	(노려보며) 너 끝까지 이럴래? 그 새긴 어딨어?
수경	어디 있겠냐? 당연히 출근했지.
세종	뭐 출근? 설마 우리 회사에? 말도 안 돼.

수경의 휴대폰 냉큼 집어든 세종, 회사번호 입력한다.

수경	그거 당장 내려놔.

신호음 울리고, 상대편에서 전화 받는 소리.

세종	여보세요? 혹시, 편집2팀 한세종 대리 출근했나요?
	예? 그럴 리가… 해고되지 않았나요? (사이) 시말서 쓰고, 계약직으로 복귀….

황당한 얼굴로 휴대폰 떨어뜨린다. 허리 굽혀 휴대폰 챙겨가는 수경.

세종	아냐. 뭔가 잘못됐어. 이것들이 내 직장까지 뺏어갔어.
수경	뺏긴 뭘 뺏어. 우리 오빠 원래 거기 편집자였어.
세종	(어이없는 표정 짓다가 버럭 소리친다) 그게 나야, 이년아! 그게 나라고. 너도 알잖아?
수경	알긴 뭘 알아. 내가 아는 건 (골프채로 사진액자 가리키며) 그 오빠야.
세종	(사진 확인하고 경악한 표정) 이 새끼가 왜 니 옆에 있지?
	이 사진 우리가 행주산성에서 찍은 거잖아? 근데 왜 이 새끼가….
수경	이제 알겠어? 제발 우리 좀 그만 괴롭혀.
세종	우리… 그 우리가 너랑 나였다고.
수경	거기 명확한 증거를 보고서도 그런 소리가 나와?
세종	(자신 없는 목소리) 이런 거야 마음만 먹으면 얼마든지 조작할 수 있는 거 아닌가?
	이거 다, 니가 꾸민 짓이지? 너 전에 계약직으로 게임스토리 작업도 해 봤잖아?
	지금 나랑 게임하자는 거지? 그렇다면, 이쯤에서 종료해. 너 임마, 너무 지나쳤어.
수경	이 아저씨 정말 구제불능이다. 내가 백만장자라도 돼?
	영화에서처럼 이런 게임 실행하려면 비용이 얼마나 드는지 알어?
	찌질이 주제에 어디서 본 건 있어가지고….
세종	(선언하듯) 그마안~! 게임, 오버!

게임이든 뭐든 더 이상 안 해, 안 한다고, 이년아! 그러니 내 집에서 썩 나가.

수경   (골프채 마구 휘두르며) 이런 미친 새끼가~!

> 세종, 골프채 덥석 잡고 당긴다.
> 골프채 뺏은 세종, 수경 향해 휘두르려 하다가 침대를 내리 찍는다.
> 우왁, 괴성 지르고 밖으로 뛰쳐나온 세종, 바로 향한다.
>
> 바 안. 자판 두드리고 있던 작가, 골프채 들고 들어서는
> 세종 보고 깜짝 놀란다.
> 급히 바 주인 모드로 돌아서는 작가.

세종   (헐떡이며) 형!

바 주인 (황당하다는 듯 손가락으로 가리키며) 세종이? 니가 여길 어떻게…
        (관객들에게) 소설 속에 있어야 할 놈이 어쩌다 현실로 넘어온 걸까요?
        제가 꿈을 꾸고 있는 걸까요?

세종   (성큼 다가간다) 형, 내 말 좀 들어봐.

바 주인 (뭔가 작심한 듯) 에라 모르겠다. 저어, 손님? 아직 영업시간 아닌데요?

세종   형이 언제 영업시간 따져가며 장사했어?
        내 말 들어보라니까. 나한테 이상한 일이, 말도 안 되는 일이 생겼어.

바 주인 아직 영업 안한다니까요.

세종   혀엉~! 형까지 왜 이래? 너무 하는 거 아냐? 세종이에요, 세종이.

바 주인 세종이요? 아, 세종이 친구시구나.

세종   형! 장난하지 말고, 씨발.

바주인   장난 아닌데요. (재미있다는 듯 손으로 입 가리고 쿡쿡 웃는다)

> 세종, 허탈한 듯 천장을 바라보다 바 안쪽 벽면 가까이 다가간다.
> 사진 하나하나 짚어가며 자기 얼굴을 찾아 헤맨다.

세종	(골프채로 자기 사진 콕 짚으며)아 여기 있네.
	봐요. 이게, 이게 바로 나, 세종이라구요.
	이 사진 형이 직접 찍었잖아? 이래도 모른다고 잡아뗄 거야?
바 주인	(정색한 얼굴로) 그깟 사진으로 당신이 세종이라는 걸 증명할 수 있다고?
	설사 그게 당신 사진이라고 해도, 그것만으론 불충분하지 않겠어요?
	그리고 반말하지 마세요, 씨발.
세종	(골프채 휘두르며)야이 씨발놈들아~ 내가 세종이, 세종이란 말이다!
바 주인	(막아서며)아이 씨, 왜 하필 여기 와서 행패야. 집으로 가. 물탱크로 가라니까.
세종	허어엉~!
바 주인	뭔가 착오가 있으신 것 같은데 나중에 정신 차리고 와요. 내가 한 잔 살테니.

세종 등 떠밀며 내보내고 바로 작가 모드로 전환하는 주인,
노트북 앞에 앉는다.

작가	하마터면 들킬 뻔했네. 이놈이 제멋대로 움직이고 있잖아. 조심해야겠어.

세종, 넋 나간 얼굴로 허청거리며 물탱크가 있는 집으로 향한다.

세종	개 같은 년, 개자식들! 장난 같은 삶이구나, 씨발!

(안무) 아침. 물탱크사내 헐레벌떡 출근한다.
팀장에게 지적당하는 물탱크사내.

수경과 물탱크사내, 맥주를 마시다 서로 얼굴에 끼얹으며 다툰다.

각자 가방에 짐 챙겨 떠나는 수경과 물탱크 사내.

길을 걷던 수경은 퇴장하면서 은실로 변신하고,
물탱크사내는 한세종2로 변모한다.

2막

1장

이삿짐 들고 등장하는 은실과 한세종2.

쿵쿵거리며 요란하게 행동하는 한세종2.
종이박스 들고 한쪽 다리를 절며 움직이는 은실.
한세종2가 다가와 그녀에게서 박스를 낚아챈다. 휘청, 움직이는 은실.

한세종2   거 놔두고 올라가서 청소나 좀 하지 그래?

은실, 묵묵히 다른 박스 들고 움직인다.

세종이 물탱크 창문을 통해 이들을 지켜보고 있다.

세종   이젠 내가 저들의 삶을 훔칠 차례인가. 할 수 있을까?

한세종2가 장식장 등에 지고 옥상에 들어선다.

세종	젠장, 딱 봐도 막노동하는 사람 같은데… 전혀 훔치고 싶지 않은 놈이다.

한세종2 무대 밖으로 나가고, 은실이 종이박스 들고 들어선다.

세종	와우, 여자다.(사이) 이런! 절름발이 여자잖아….

털썩 주저앉아 고개 푹 숙이는 세종.

세종	내 옥탑방이 내려앉고 있어.(벌렁 드러누우며) 젠장, 될 대로 되라지.

2장

늦은 밤, 취한 몰골로 옥상에 들어서는 한세종2.
이리저리 걷다가 물탱크 발견하고 가까이 다가간다.
물탱크 외형 보고 고개 갸웃하는 한세종2.

한세종2	(물탱크 탕탕 두드리며) 어이, 안에 숨어 있는 거 다 알아. 문 좀 열어보시지.

물탱크 안에 불이 켜지고, 문 열어젖히는 세종.

한세종2	(안으로 고개 쓱 들이대며) 내 이럴 줄 알았어. 어쩐지 그냥 물탱크 같지가 않더라니….
세종	(불안을 숨기려는 듯 활달한 톤으로) 들어오세요, 형님. 환영합니다.
한세종2	형님? 환영? 난 그럴 기분이 아닌데?

한세종2	(둘러보며, 감탄한 얼굴로) 히야, 죽인다, 죽여.
	염병할… 집이라고 인정 안 할 수가 없네. 형씨 집이야?
세종	예 뭐… 당분간은 그렇죠.
한세종2	당분간이라… 그래, 아무리 집이라지만 이런 데서 죽치고 있음 안 되지.
	이거 다 불법인 건 아실 테지?
세종	물론이죠. 오래 안 있을 겁니다.
한세종2	어떤 놈이 물탱크를 주택으로 개조할 생각을 했을까? 형씨 아이디어요?
세종	아닙니다. 저도 누군가한테 물려받은 거라서….
한세종2	그놈도 참 별난 놈일세. 언제부터 여기서 지냈나?
세종	얼마 안 됩니다. 이제 슬슬, 진짜 내 집으로 가야죠.
한세종2	그럼 이 집은 어떻게 되나? 옮겨갈 거야?
세종	아닙니다. 형님한테 물려드릴 수도 있어요.
한세종2	그러시다면 내 눈감아 드리지. 당장 쫓아낼 생각이었거든.
세종	에이, 그러실 필요 없어요. 곧 제 발로 나갈 겁니다.
한세종2	햐, 어떤 놈인지 설계 한번 기막히다. (침대 가리키며) 저기 한번 누워 봐
	도 되나?
세종	그럼요. 누우세요. 의외로 편안하실 겁니다.
한세종2	(침대에 눕는다) 오, 그러네. 이대로 한숨 푹 자고 싶구만.
세종	주무세요. 전 상관없습니다.
한세종2	그럼 형씨가 옥탑방에 가서 잘 거야? 거기 목석같은 여자 하나 있을 거
	야?
	요리 하난 기가 막히게 하는데, 사람이 열기가 없어, 열기가.
	자고로 여자란 난로처럼 뜨거운 맛이 있어야 하는데 말야. 안 그래?

하품하는 한세종2. 스르르 눈을 감는다.

골프채 들고 밖으로 나온 세종, 달빛 받으며 골프채 휘둘러 댄다.
옥탑방에서 이 장면을 훔쳐보는 은실의 그림자.

3장

바 안. 작가가 노트북 자판 두드리고 있고, 모란이 친구와 술을 마시고 있다.

은실이 옥탑방에서 나온다. 퀼트 작품을 손에 들고 있다.
물탱크로 다가가 출입문 손잡이에 퀼트작품 걸쳐놓는 은실.

작가   (읊조리듯) 은밀한 초대장 같은 퀼트작품이 바람에 살랑거린다.

은실 옥탑방으로 들어가고, 잠시 후 한세종2 등장한다.
작업가방 어깨에 메고 소주병과 순대, 종이컵 등이 든
비닐봉지 들고 있는 한세종2,
물탱크 손잡이에 걸린 퀼트작품 보자마자 손으로 잡아 뜯는다.

한세종2   이봐, 동생! 안에 있지? 문 좀 열어봐.

세종 문 열고, 한세종2 들어간다. 들어가자마자 세종 멱살 틀어쥔다.

한세종2   너 이 새끼, 똑바로 말해!
세종   왜, 왜 이러세요, 형님.
한세종2   (퀼트작품 들이대며) 너 혹시 우리 집사람 안에 들였냐?
세종   아뇨. 그분과는 아직 인사도 못 나눴는데요?
    낮에 이 옆에서 무슨 뜨개질 같은 걸 하시는 것 같던데,
    저는 죽은 듯이 있었거든요. 아마 숨소리도 안 들렸을 거예요.

	(퀼트작품 펼쳐보며)이런 걸 하고 계셨네. 와, 이거 솜씨 좋은데요?
한세종2	종일 그것만 붙들고 있는데, 내가 아주 미치겠어.
	그 넝마 같은 천조가리들 보면 구질구질 너덜너덜한 기분이야.
세종	제가 보기엔 공방에서 팔아도 될 것 같은데요?
한세종2	야, 니가 뭘 안다고 그딴 소릴 해.
세종	죄송해요. 저는 단지….
한세종2	너 말야, 그만 가라 좀. 너 때문에 현장에서 일하면서 도무지 집중이 안
	돼.
세종	알았어요. 며칠만 봐주세요.
	전에 동거하던 여자가 집을 차지해버렸는데, 곧 해결될 겁니다.
한세종2	이런 병신! 너 그럼 쫓겨난 거야?
세종	예, 뭐….
한세종2	당장 가서 그년 쫓아내고 집 되찾아 임마.
	너 그년이 그 집 정리해서 토껴버리면 어떡할래?
세종	제 이름으로 계약한 건데, 설마요.
한세종2	내가 가서 손 좀 봐줄까? 그년 어떻게 생겼어?
세종	(당황한 얼굴로 손 내저으며)아, 아뇨. 그럴 필요 없어요. 제가 해결할 수
	있어요.
한세종2	(한심하다는 듯)이놈 이거, 이래갖고 험한 세상 어떻게 헤쳐 나가나.

한세종2, 비닐봉지에서 소주병과 종이컵, 스티로폼 용기에 담긴 순대,
젓가락 등을 꺼낸다.

| 한세종2 | (종이컵 들고 턱짓으로)따라봐. |

세종 소주병 뚜껑 따고 한세종2의 컵에 따른다.
한세종2, 단숨에 들이켜고 그 컵을 세종에게 건넨다.

한세종2	자, 한 잔 받고.(따라준다)

세종, 한 모금 마시고 컵 내려놓는다.

한세종2	(순대 씹으며)동생이 너무 순진해보여서 해주는 말이니까 새겨들어.
세종	예, 형님.
한세종2	동생은 말야. 이용해먹기 딱 좋은 스타일이야.
	그년이 지금 너 이용하고 있는 거라고 임마!
세종	아, 예… 그랬던 것 같아요. 저도 나중에야 깨달았어요.
한세종2	그걸 아는 놈이 이러고 있냐? 너 바보야?
	우리처럼 가진 거 없는 놈들은 말이다, 절대 자기 영역을 내줘선 안돼.
	우린 동물, 아니 짐승의 세계에서 살고 있는 거라고. 약육강식! 알아들어?
세종	예, 형님.
한세종2	나보다 약한 놈들은 사정없이 짓밟고 뺏고,
	잘나빠진 새끼들, 가진 놈들은 최선을 다해 등쳐먹고… 그래야 살아남을 수 있어.
	내가 아는 세상은 그래. 갈수록 살벌해지고 있다니까.
	(종이컵 내려다보며)뭐해? 얼른 마시고 나도 한 잔 따라줘.

세종, 컵에 남은 소주 입에 털어 넣는다. 억지로 마신 듯 캑캑거린다.

한세종2	(한심하다는 듯 쳐다보며)내가 참고가 될 만한 얘길 하나 해주지.
	아주 재미난 얘기야. 내가 오늘 영화 한 편 찍고 왔거든.
세종	(뜬금없다는 듯)영화요?
한세종2	이건 뭐… 거의 액션스릴러야 씨발.

잠시 모란 얼굴 쳐다보다가 맹렬한 속도로 자판 두드려대는 작가.

모란	(친구에게) 나 오늘 영화 찍고 왔다?
친구	넌 어차피 인생 자체가 거짓말이고 영화야, 이년아.
모란	내가 오늘 심심해서 모처럼 드라이브를 나갔잖니.
친구	너 또 그 쓰레기랑…?
한세종2	모처럼 바람 난 유부녀하고 재미 좀 볼까 했다가 오늘 아주 큰일 치를 뻔했다.
세종	(짐짓 흥미를 보이며) 에로영화 찍으셨어요? 상대배우는요?
한세종2	뭐 어쩌다보니 화류계 인생으로 풀려서 그렇지, 내가 보기엔 아주 맑은 여자야.
	나랑은 완전 찰떡궁합이지. 속궁합은 찰떡쿵이고, 가치관까지 쌍둥이야.
	이년이 말이지, 서른 중반에 노인네 한 놈 후려서 결혼에 골인했거든.
	그 뒤로 3년이 흐르면… 어떻게 될 거 같아? 생각할 것도 없이 막장이지 뭐.
	그년 시나리오대로 된 거야. 지금 이혼도장 찍기 직전이래.
	자, 그럼 여기서 질문 하나 하지. 이 두 사람의 관계가 가진 핵심은 뭘까?
세종	글쎄요. 사고파는 관계? 노인네는 여자의 젊음을 사고, 여자는 그걸 팔고….
한세종2	순진하긴….
세종	그럼 뭔데요?
한세종2	남자는 돈을 무기로 여자의 젊음과 자유를 뺏고, 여자는 젊음을 무기로 남자의 돈을 노리고… 서로 뺏고 뺏는 관계라고 봐.
세종	아… 그게 그렇게 되는 건가요?
한세종2	서로 뺏고 뺏으면서 결과적으로 가진 걸 나누게 되는, 아주 이상적인 관

계지.

세종   아… 그렇게 되는 거군요.

한세종2   암튼, 현장에서 한창 일하고 있는데 전화가 왔어. 근처에 와 있다고.

　 사장한테 대충 둘러대고 나갔지. 아우디 세단을 몰고 왔더라구. 차 죽이더만.

　 드라이브나 하면서 기분 좀 내볼까 하고 남한산성 쪽으로 마구 밟지 않았겠어?

　 근데 매표소를 지나는데 뭔가 낌새가 느껴지더란 말야.

모란   세종 씨가 눈치를 해서 봤더니, 우측 사이드미러로 오토바이 한 대가 계속 따라붙는 게 보이는 거야.

　 느낌이 팍 오더라고. 급히 계획 변경해서 매표소 지나 하남시 방면으로 내뺐지. 근데 그 오토바이하고 소나타 한 대가 번갈아가며 내 차를 쫓아오는 거야.

친구   어머, 어떡해! 너네 늙은 여우가 사냥개들 푼 거야?

한세종2   대충 그림이 그려지지 않아? 그 노인네 신우은행 지점장 출신인데, 부동산 갑부래.

　 씨바, 어떤 노인네는 건물 수십 채에서 나오는 임대료 받아가며 떵떵거리는데, 좆또, 우리 세종이는 변변한 월셋방 하나 못 구해서 물탱크에서 살고 있고.

　 세상 참 씨발 좆또지?

세종   씨발 좆또… 그래서요?

모란   그런 상황에서 뭘 어쩌겠냐? 무조건 튀고 보는 거지.

　 자연스럽게 드라이브나 하는 척하다가 집에 가자고 했지.

　 거머리 같은 놈들! 활동비를 얼마나 받아 처먹었는지, 되게 끈질기더라.

한세종2   그치만 형이 누구냐? 모란이 그년 그냥 보내기도 아쉬워서 허벅지 좀 쓰다듬고 팬티 안에 손 넣어 뜨겁게 젖은 속살도 달래가면서 달렸지. 아흐, 미치겠더만.

세종	에로영화 맞네요.
한세종2	액션스릴러라니까?
세종	그럼, 에로액션스릴러네요.
모란	(스커트 안으로 손 넣으며) 세종 씨가 여기로 손을 쑥 넣는데, 진짜 미치겠더라.
친구	미친년! 사냥개들 카메라에 찍히기라도 하면 어쩌려고….
모란·한세종2	이미 글러먹은 인생, 잘못되면 얼마나 잘못되겠냐?
친구	그래서, 그만 쫑내기로 했어?
모란	내가 왜? 더 찐한 만남을 위해, 후일을 기약했지.
친구	겁대가리 없는 년!
모란	그 사람이라도 없음 내가 무슨 낙이 있겠니?
친구	너 그러다 신세 조진다. 널 보면, 이 언니가 아주 조마조마하단다.
모란	당분간 잠수타자고 단속도 해뒀어. 이혼하고 위자료도 챙겨야 하는데, 그동안 조신하게 지내는 척이라도 해야지. (웃음)
친구	정신 차려 미친년아! 그 쓰레기 같은 남자, 어디가 그렇게 좋은 건데?
모란	뭐랄까, 난 그 거칠고 불손한 느낌이 묘하게 끌리더라.
친구	이년아, 넌 항상 나쁜 남자한테 꽂히잖아.
모란	내가 나쁜 여자니까 그런 거야, 이년아!
친구	쌍년! 그거 말 되네.

방자하게 웃어대는 두 사람.

두 사람 바라보며 피식, 헛웃음 날리는 작가.

세종	그럼 형님과 그 여자의 관계가 가진 핵심은 뭔가요?
한세종2	오, 좋은 질문이야. 핵심을 제대로 찔렀어. 동생이 한번 짚어보지?

세종	음… 형님은 여자 분이 받게 될 위자료를 노리시는 거고….
한세종2	어라! 제법이네. 그럼 여자는?
세종	여자 분은…
한세종2	모란.
세종	예?
한세종2	이름이 모란이라고.
세종	꽃다운 이름이네요. 암튼 그분은 형님한테 뺏을 만한 게 없어 보이는데요?
한세종2	그래 보여?
세종	죄송합니다.
한세종2	아냐. 잘 봤어. 누가 봐도 그래 보이겠지. 그치만 내게도 무기가 있어.
세종	무기요?
한세종2	방망이 튼실하지, 휘둘렀다 하면 무조건 연타석 홈런이지. 흐흐, 그게 내 무기라면 무기다. 이상하게 은실이 저 넌한텐 전혀 먹히지 않고 있지만 말야.
세종	그건 뺏을 수 있는 게 아닌데… 그럼 두 분 관계의 핵심은….
한세종2	핵심은?
세종	형님이 뺏기만 하는 관계?
한세종2	으하하! 좋아, 좋아! 이제 보니 동생, 묘한 매력이 있네. 넌 그게 무기다 무기.
세종	(골프채 흘낏 바라보고) 그런 것도 무기가 될 수 있어요?
한세종2	어떻게 사용하느냐에 따라 다르겠지? 아무튼 축하해 동생. 내 시험에 합격했어.
세종	감사합니다.
한세종2	배웠으면 당장 실행에 옮기셔야지?
세종	예?
한세종2	당장 가서 그년 무찌르고 빼앗긴 것 되찾으라고, 병신아!

절대 사정 봐주지 말고, 왈왈(개소리) 사냥개처럼 몰아붙여. 그게 핵심이
야.

세종　　예에. 형님 말씀대로 한번 해보겠습니다.

한세종2　　좋아. 그만 나가봐. (하품하며) 하암, 졸려. 모란이 이혼하면 그냥 확 저질
러버려?

세종　　뭘요?

한세종2　　두 집 살림 차리는 거지. 벌써부터 흥분된다, 동생. (흐흐 웃는다)

　　　　꾸벅꾸벅 졸기 시작하는 한세종2. 이내 자리에 누워 깊은 잠에 빠져든다.

　　　　세종, 결심한 듯 한세종2의 옷을 벗겨 자신의 옷과 바꿔 입는다.

　　　　물탱크 밖으로 나온 세종, 옥탑방 쪽으로 걷다가 주춤 멈춰 선다.
　　　　다시 물탱크로 들어가 골프채 들고 나온다.

세종　　(물탱크 문 닫고 떨리는 목소리로) 한수 잘 배웠습니다. 저도 형님처럼 해
봐야겠죠.
형님은 이제 약육강식은 그만하시고 <u>적자생존</u>해보세요. 행운을 빕니
다.

　　　　한세종2의 휴대폰이 발광하며 문자메시지 도착을 알린다.

　　　　# 스크린에 비치는 문자메시지.

세종　　(문자메시지 읽는다) 오늘 자기 땜에 살았어. 담에 봐. 하트, 뿅뿅뿅!!! 모
란.

　　　　"모란, 모란…" 되뇌며 옥탑방으로 걸어가는 세종.

4장

작가, 바에 앉아 작업 중이다.

한손에 골프채 들고, 어깨에 작업가방을 걸친 세종이 옥탑방으로 들어간다.
그가 안에 들어서면 은실이 등을 보인 채 침대에 누워 있다.
침대 옆에 놓인 목재의자에 트레이닝 바지와 셔츠가 개켜져 있다.

세종   (짐짓 한세종2 목소리 흉내 내며 통명스럽게) 어이, 문도 안 잠그고 자면
어떡하나?

은실 풋, 하고 웃는다.

작가 · 세종   왜 웃지? 이 상황에서….
은실   (무심한 목소리) 옷이나 갈아입어.

세종, 어둠 속에서 옷 갈아입고 은실 옆에 눕는다.
은실이 내뱉는 가벼운 한숨소리. 둘 사이에 감도는 욕망의 기운.
은실 껴안는 세종, 단조롭고 고요한 성행위로 이어지는데,
갑자기 은실의 팔다리가 경련하며 몸 전체가 팔딱거린다.

은실   (숨 가쁘게) 어! 나, 왜 이러지?
세종   왜, 왜 그래요?
은실   아, 아윽, 죽을 것 같아.
세종   어떡하지. (작가 바라보며) 어떡해요? 갑자기 웬 발작이냐고?
은실   불, 불 좀 켜줘.
작가   (언뜻 영감이 떠오른 듯) 그래, 스위치! 그게 필요해.

세종   스위치?

                    냉큼 침대에서 내려와 전등스위치 올리는 세종.

          불이 켜진다. 팔딱팔딱 몸을 뒤채는 은실. 묘한 생동감이 느껴지는 몸부림이
                                                    다.

작가   그거야, 그거. 다시 살아보려는 의지, 욕망… 삶의 변곡점을 알려주는 스
       위치… 그걸 가능하게 해주는 물탱크… 수경이 그년도 그랬을 거야….
       (고개 끄덕거린다)

       세종이 은실의 팔과 다리를 주무르기 시작한다. 이윽고 잠잠해지는 은실.

                              서서히 어둠에 잠겨가는 무대.

       5장

                    아침. 은실이 밥상을 차리고 있고, 세종은 거실에서 한세종2의
                                      신분증을 보고 있다.

세종   뭐야. 이 형님 이름도 한세종이었어? 나보다 6년 연상.
       (손바닥으로 얼굴 쓸어내리며) 제길, 순식간에 6년이나 늙어버렸네.
       이렇게 나도 무너져가는 건가….

              은실이 비틀거리며 밥상을 들고 온다. 눈에 띄게 밝아진 그녀의 표정.

은실   (식당에서 손님을 대하듯) 김치찌개 나왔습니다, 손님. 맛있게 드세요.

은실의 생뚱맞은 행위에 놀라 멈칫거리는 세종. 은실의 표정에도
혼란스러운 빛이 감돈다.

은실 뭐해, 어서 안 먹고?

세종 엉. (허둥거리며 숟가락 들고 밥 먹는 동작)

은실 (언뜻 생각났다는 듯) 어젠 고마웠어.

세종 뭐가?

무안한 듯 고개 숙이는 은실. 왕성한 식욕을 보인다.
은실이 먹는 모습 바라보던 세종, 허기진 듯 밥을 퍼먹는다.
식사 마치자 밥상 들고 일어서는 은실.
뭘, 어떻게 할지 몰라 초조하게 서성거리는 세종.
은실이 세종에게 한세종2의 작업가방 건네주고 등을 떠민다.

공사현장. 설비업체 사장과 일꾼 들, 줄자 들고 작업 중이다.

등 떠밀려 공사현장에 도착한 세종, 들어가지 못하고 망설인다.

사장 여기 사장놈이 공사 늦는다고 지랄하고 난리 났어. 6970⋯
세종이 이건 제 시간에 오는 법이 없어. 9930⋯ 저쪽 중앙계단 끝으로 가.
이거 3일 만에 어떻게 다 끝내냐. 4026⋯

세종 (성큼 안에 들어서며) 안녕하십니까, 형님들!

사장과 일꾼 들, 수상한 눈길로 쳐다본다.

일꾼2 누구?

일꾼1 어떻게 오셨어요? (잡고 있던 줄자 놓친다)

세종 저⋯ 아 아닙니다. (다시 나간다)

사장 (짜증스레) 뭐야 저건? (일꾼1에게) 야, 줄자 갑자기 놓지 말라고 했지.

일꾼1	죄송합니다.
사장	그리고 너 세종이한테 전화했어, 안 했어?
일꾼1	아, 그거 아까 제가 만두한테….
일꾼2	내가 뭐?
사장	만두가 뭐?
일꾼1	만두가 아까 전화한다고….
사장	너 만두가 우리말 아는 게 몇 개나 있다고 만두한테 그런 일을 시켜.
	앞으로 내가 시키는 일 만두한테 미루기만 해봐!

사장, 휴대폰 꺼내 전화한다.
세종의 주머니에 있는 휴대폰이 울린다. 얼른 꺼내 통화버튼 누르는 세종.

사장	너 또 밤일하다 날밤 깠냐? 너 지금 어디야?
세종	여긴데요.
사장	여… 여기에는 우리가 있고, 니가 있는 거기가 어디냐고?
세종	예. 여깁니다, 여기!
사장	야, 너 뭐야?(노려보다가) 야!
세종	예.

세종에게 성큼 다가가는 사장. 일꾼들도 사장 뒤를 따른다.
일꾼들이 세종의 휴대폰을 빼앗아 들고 확인한다.

사장	너 뭐야?! 니가 왜 그 전활 받고 있어?
일꾼1	이거 세종이형 거 같은데요?
세종	이제 제 겁니다. 이리 주세요.
사장	이게 왜 니 꺼야? 너 여기 가만히 있어.

사장 다시 전화 걸어본다. 세종에게서 뺏은 휴대폰 벨이 울린다.

세종   보세요. 제 꺼 맞죠?

사장   이게 왜 니 꺼야?

세종   제가… 한세종이니까요.

사장   이 새끼가 지금 뭐라고 씨부리는 거야? 니가 뭐? 니가 세종이라고?

세종   네.

사장   니가 우리가 알고 있는 그 세종이라고?

세종   네.

사장   니가 왜 세종이야? (세종의 얼굴을 손바닥으로 계속 밀며) 니가 왜 세종
       이냐고.

       돌았나, 이 새끼가. 야, 뭐 더 있는지 뒤져봐.

                                               세종의 몸을 수색하는 일꾼들.

세종   자, 잠깐만요! 왜들 이러세요?

사장   가만히 있어!

일꾼1 (지갑 꺼내들고) 이 아저씨 진짜 나쁜 사람이네.

       지갑도 세종이 형님 꺼 같아요. (사장에게 건넨다)

사장   (지갑 확인하고 세종 가리키며) 야, 저거 도망가기 전에 잡아.

       (지갑에서 신분증 꺼내 세종에게 보여주며) 야, 잘 봐!

       이렇게 골 때리게 생긴 놈이 세종이다! (사진 보다가) 어?! 이거 왜 이래?

       저 새끼 사진이 붙어 있네.

일꾼1 분명히 위조했을 겁니다.

사장   (세종의 머리를 움켜잡으며) 이 새끼 완전 사기꾼 놈의 새끼네 이거!

       야, 너 세종이하고 무슨 관계야?

       니가 왜 세종이 물건을 갖고 있고, 여긴 어떻게 알고 왔어?

세종	그건 저도 아직 정확히 말씀드릴 수가….
사장	(세종의 배를 때리며) 너 세종이한테 무슨 짓 했어?
세종	제, 제가 한세종입니다.
사장	이 새끼가 죽으려고 환장을 했나?(일꾼1에게) 야, 그라인더 갖고 와! 세종이가 되고 싶어? 그럼 얼굴부터 세종이로 바꿔야지? 그라인더로 예쁘게 갈아서 세종이로 만들어 줄게?
일꾼1	그거 고장 났는데요?
일꾼2	그거 안 돼.
사장	현장에 되지도 않는 공구 누가 들고 왔어?

일꾼1,2 서로 손가락으로 상대방 가리킨다.

사장	누구야, 빨리 말해!
세종	형님, 오늘은 그만 조퇴하겠습니다.(고개 꾸벅 숙이고, 도망친다)
사장	야, 저 새끼 잡아! 잡으라니까!

도망쳐 나온 세종, 터덜터덜 옥탑방으로 향한다.

옥탑방. 세종 들어서면, 은실이 화장대에 놓은 사진액자를
퀼트 천으로 닦고 있다.

은실	(세종 돌아보며) 웬일로…?
세종	(버럭 소리친다) 그건 왜 묻나? 이런 날도 있는 거지….

은실, 풋 소리 내며 손바닥으로 입을 가린다.

세종	왜 자꾸 웃는 건데?
은실	그냥… 자꾸 웃음이 나오네요.

콧노래까지 부르는 은실.

그때 사장과 일꾼 들, 옥상에 들이닥친다. 일꾼2가 한세종2의 휴대폰과 지갑
들고 있다.

사장　　(노크하며) 세종이 있나!

난처한 얼굴로 은실을 쳐다보는 세종.

은실의 표정은 아무런 변화 없이 차분하다.

사장　　(일꾼들 돌아보며 의아한 표정) 불은 켜져 있는데… 제수씨, 문 좀 열어
봐. 나야, 공 사장.

세종이 움직이지 않자 은실이 불편한 다리를 이끌며 현관으로 향한다.

벌떡 일어나 은실 앞을 막아서는 세종.

세종　　내가 나갈게.

사장　　어이, 제수씨.

세종이 당차게 문을 열어젖힌다.

"어이쿠!" 소리와 함께 뒤로 물러나는 사장. 사장과 일꾼의 안색이 무섭게
돌변한다.

사장　　이 사기꾼놈의 새끼가… 니가 왜 여기서 나와?

일꾼1　　(세종을 잡아채며) 야, 너 이리 나와. 나오라고 새끼야!

세종　　(노려보며) 이거 놔. 너 몇 살이야? 말로 해라.

사장　　(세종 뒤통수치며) 이 새끼가… 세종이 사칭하는 것도 모자라 여자까지
넘봐?

사장과 일꾼 들, 마구 폭력을 행사한다.

절뚝거리는 걸음으로 급히 달려와 세종의 몸을 보호하듯 감싸는 은실.

은실   (절박하게) 그만해요!

황당한 눈길로 바라보고 서있는 사장과 일꾼 들. 세종은 감동한 눈치다.

사장   어이, 제수씨! 지금 뭐 하는 거야? 이놈이 샛서방이라도 돼?

일꾼1   형수님! 대체 이게 어떻게 된 일인지 설명해 보라구요!

사장   제수씨 그렇게 안 봤더니만, 이제 보니 아주 무서운 여자네.

일꾼2   세종이형 어디 갔어?

은실   (동요하지 않고 말없이 사장을 말끄러미 바라본다)

사장   염병, 무슨 말이라도 해봐!

            세종이놈이 제수씨한테 몹쓸 짓 한 건 알지만, 아무리 그래도 이건 경우
            가 아니지.

은실, 세종에게 안으로 들어가라고 고갯짓한다.
멀뚱히 서 있던 세종, 그래도 되나? 하는 눈길로 은실을 쳐다보다
방으로 들어간다.

은실   (당당하게 맞서며) 이제 내겐, 저 사람이 그 사람이에요.

사장   지금 농담해? 어떻게 사람이 한순간에 그렇게 싹 바뀔 수가 있어?

은실   저는 어떨 것 같아요?

사장   제수씨가 어떤데?

은실   더 이상 예전의 내가 아니란 말예요.

사장   나 참! 무슨 소릴 하는 건지 당최 모르겠네. 니들은 알겠냐?

일꾼1·2   (동시에 고개 흔들며) 아니요.

사장	어쨌든 세종이놈하고 한동안 잘 살았잖아?
은실	(대들 듯이) 잘 살았다고? 그게 사는 거야? 그런 게 사는 거냐고?
	그 인간은 날 몰라, 나도 그놈 모르고… 그래서 설사 저 사람이 그 사람
	이 아니더라도 상관없어.
	난, 이놈이거나 저놈이거나 상관없단 말예요.
사장	염병, 정신 좀 차려 제수씨!
은실	이제 제수씨라고도 부르지 마세요.
사장	(화를 꾹 참으며) 내 마지막으로 묻겠는데, 세종이 어디 있는지 정말 몰
	라?
은실	저 사람이 그 사람이라니까요.
사장	거 말도 안 되는 소리 좀 작작해. 저 새끼가 세종이야?
은실	그렇다니까요. (일꾼2에게서 휴대폰과 지갑 빼앗는다)
사장	(말문이 막힌 듯) 미쳤네. 이 여자도 완전히 미쳤어.
	(일꾼들에게) 야, 다들 철수해!

　　　　　냉큼 돌아서서 옥탑방으로 들어가 버리는 은실.
　　　　　황당하다는 듯 쳐다보는 사장과 일꾼 들.

　　　　　옥탑방. 탁자에 놓여 있는 한세종2의 지갑과 휴대폰.
　　　　　소파에 가만히 앉아 눈을 감고 있는 은실.
　　　　　굳게 다문 입, 엄숙한 기운마저 감돈다.

세종	(은실 옆에 앉아 고개 숙이고) 아까 고마웠어.
은실	절대 물러서지 마.

　　　　　두 사람 눈이 마주친다. 서로 끌어안는다. 간절한 몸짓.

공사현장. 줄자 들고 작업 중인 사장과 일꾼 들.

사장   세종이 없이 이 일을 어떻게 다 끝내냐?

세종이 불쑥 들어선다.

세종   안녕하십니까, 형님들!

사장   (헛웃음 날리며) 저 미친놈 또 왔네? 너 아직도 정신 못 차렸냐?

세종   (겁먹은 얼굴로) 뭐든 시켜만 주십시오. 잘 할 자신 있습니다.

사장   저 뻔뻔한 새끼가 여기가 어디라고… 그냥 말로 할 때 조용히 꺼져라.

세종   가긴 어딜 갑니까? 여기가 제 일자리인데….

사장   야, 너 이리와. (세종이 머뭇거리자) 이리 와 보라고!
           (일꾼1,2 세종을 양쪽에서 끌고 사장 앞으로 데려온다) 왜 여기가 니 일자
           리야?

세종   제가 일하던 곳이니까요.

물탱크 환히 빛나며 쿨렁, 몸부림친다.

사장   (고개 갸웃거리며) 그런 적이 있었나? (일꾼들 둘러보며) 야, 니들은 어떻
           게 생각해? 이거 3일 만에 다 끝내야 하는데, 이놈 한 번 써볼까 어떡할
           까?

일꾼2   잘 해라!

사장   너 이런 일 한 번이라도 해봤어?

세종   예, 형님. 시켜만 주시면 뭐든지 열심히 하겠습니다.

사장   (어이없다는 듯) 참 내… 이 새끼가 그래도 싹수는 있어 보이네.

어쨌거나 같이 일하기로 했으니 서로 인사들 해.

(일꾼1 보며) 여긴 군 제대하고 등록금 벌겠다고 온 상민이.

일꾼 (고개 숙이며) 박상민입니다. 잘 부탁드려요. 어제 일은 이해해 주세요.

세종 (고개 숙이며) 한세종입니다. 다 이해해요.

사장 (일꾼2 가리키며) 이 친구는 네팔에서 왔는데 이래봬도 애가 셋이야.

이름은 카트만두. 우리끼린 그냥 만두라고 불러.

일꾼2 만두 맛있다.

세종 (웃으며) 예. 저도 만두 좋아합니다.

사장 자 자, 시간 없다. 빨리들 움직여.

오늘은 내가 신참하고 일할 테니까, 니들은 나가서 에어컨 실외기부터

해체해.

일꾼1,2 퇴장한다.

사장 (세종에게 줄자 끝 내밀며) 야, 너 이거 잡고 저쪽으로 가.

맨날 줄자질 하다가 볼일 다 보겠네. 6980…

(세종이 줄자 놓치자 흠칫 놀란다) 야, 너 이리와 봐!

세종, 멈칫거리며 다가간다.

사장 너 임마… 이왕 이렇게 된 거 내 다 이해할 테니까, 사실대로 말해봐.

세종 뭘요?

사장 니들이 작당해서 세종이 쫓아버린 거야?

설마 니들, 세종이 어떻게 해버린 건 아니지?

세종 (능글맞게) 무슨 그런 큰일 날 소릴 하세요? 글쎄, 제가 세종이라니까요.

사장 이 새끼가 끝까지… 너, 한 번만 더 내 앞에서 세종이라고 해봐!

세종 (버럭 소리친다) 몇 번을 말해!

사장	너 한 번만 더…
세종	내가!
사장	(멍한 얼굴로 중얼거리듯) 세…
세종	그래! 내가 세종이야! 한! 세! 종!

쿨렁, 쿨렁 물탱크 소리.

냉큼 줄자 빼앗아 능숙하게 바닥 치수를 재는 세종.

사장	(고개 갸웃거리며) 세종이가 맞는 것도 같고 아닌 것도 같고… 헷갈리네. 에라 모르겠다. (의자에 앉으며 세종에게) 야, 좀 쉬다가 해. (세종이 옆에 와 앉으면) 너 인마, 그럼 은실이하고 결혼이라도 할 생각이냐?
세종	이미 결혼한 여자 아녔어요? 결혼사진도 있던데요?
사장	그거야 세종이놈이 은실이 억지로 사진관에 데려가서 기분 좀 내본 거지. 미친놈!
세종	뭐하던 여자였어요?
사장	이게 아무것도 모르네. 그러고도 니가 세종이라고? 아니, 근데 내가 왜 너한테 이런 걸 주저리주저리 말해주고 있냐?
세종	(흐 하고 웃다가 문득 생각난 듯) 혹시, 식당에서 일했어요?
사장	이 아파트촌 재개발 들어가기 전에, 여기 있던 상가에서 분식점 하던 여자였다.

은실이네 분식점. 한세종2가 주문한 음식을 기다리고 있다.

쟁반에 찌개 담긴 뚝배기와 반찬그릇을 받쳐 내오는 은실.

은실	(쟁반 식탁에 내려놓으며) 김치찌개 나왔습니다. (한세종2를 두려워하는

기색)

한세종2   (황송하다는 듯) 예, 예. 잘 먹겠습니다.

숟가락 든 채 계속 은실을 힐끗거리는 한세종2.

사장   세종이놈이 그 음식 맛에 혹했지. 근데 이 죽일 놈이 손님 없을 때 일을 저질렀어.

세종   덮치기라도 했단 말예요?

사장   그놈이 여자를 밝히긴 했지만, 은실이한테까지 그런 짓 할 줄은 몰랐다.

세종   (분개한다) 몸도 성치 않은 여자를… 개새끼!

사장   참 생각해보면 그 여자도 더럽게 안 풀리는 인생이다.

어떻게든 살아보려고 분식점 운영하다 이제 좀 자리가 잡혔다 싶었는데, 보상 한 푼 못 받고 쫓겨났으니까. 말도 마라.

용역애들한테 험한 꼴 당하고 분신하려는 걸, 세종이 그놈이 간신히 막았어.

은실이네 분식점. 용역들에게 밖으로 내쫓기는 은실.

용역팀장   (돈 봉투 던지며) 어이, 병신! 그러니까 왜 말을 안 들어 처먹어?

귓구멍에 철판 용접이라도 했어? 그 돈 받고 썩 꺼져. 안 그럼 죽는 수가 있어.

그 다리 아예 못쓰게 만들어줘?

식당에 불 확 싸질러서 땡전 한 푼 못 건지게 해줄까?

우리가 못할 줄 알아? 그래도 병신이라고 많이 생각해준 거야.

꼭 병신 같은 것들이 주제 모르고 설치다가 다치고 디지고 그러더라니까.

은실 (비장한 얼굴) 병신? 다시 말해 봐. 너 병신 맛 좀 볼래? 지옥에 데려가줄
까?

신나통 들고 자신의 몸에 들이붓는 은실.

세종·한세종2 안 돼!

라이터 켜는 은실. 급작스레 시작되는 발작.

세종·작가 안 돼, 안 돼!
작가 스위치!
세종 스위치!

암전.

7장

공사현장. 사장과 일꾼 들 바닥에 앉아 담배 피우며 쉬고 있고,
세종 혼자 일하고 있다. 이제 손놀림이 제법 능숙하다.

바 안. 작가가 관객들 가까이 다가가 스크린에 떠오른 자신의
글을 읽어나간다.

작가 설비업체 사장과 동료 일꾼들의 의심이 희석되면서 거부감도 점차 누
그러들었다. 그들은 이제 언제든 세종을 자기들이 알고 있던 한세종으
로 포용할 준비가 되어 있었다. 그게 너무 놀랍고 신기해서 세종은 그

저 어리둥절할 정도였다. 저들은 정말 예전의 동료를 완전히 잊어버린 걸까? 아니면 정말 나를 그 사람으로 착각하고 있는 걸까? 아무래도 망할 물탱크에 거주하면서부터 관계의 요지경 속으로 굴러 떨어져버린 모양이다. 물탱크는 이전의 관계망을 제멋대로 헝클어버린다. 어제의 연인, 어제의 동지를 저만치 떼어놓고, 그 사이에 새로운 관계를 심어놓는다.

그 새로운 관계도 불확실하기는 마찬가지였다. 전망이 **부재하는 관계**였다. 사실 알고 보면 세상의 모든 관계라는 것도, 불확실성의 토대 위에서 테마공원의 바이킹처럼 오르락내리락하는 것에 불과하지 않나? (관객들에게 묻는 표정으로 쳐다본다)

만족스러운 듯 고개 끄덕이며 노트북이 있는 곳으로 향하는 작가.

모란의 집 거실. 모란이 소파에 앉아 커피를 마시며 여성지 뒤적이고 있다. 언뜻 생각났다는 듯 휴대폰으로 전화를 건다.

세종의 휴대폰 울린다. 발신자 확인하고, 사장 눈치 보며 구석으로 가는 세종.

모란 자기야!
세종 (반사적으로) 모란이? 야 너… 정말 오랜만이다. 어떻게 지냈어?
이혼문젠 잘 해결됐고?
모란 (소파에 앉은 채 다리를 꼬고) 걱정 붙들어 매셔. 내가 바라던 대로 됐으니까.
오랜만에 한번 볼까?
세종 오늘? 너 그래도 돼?
모란 일 끝나면 전화해.
세종 (잠시 고민하다) 그러지 뭐.

모란　　너, 전화 안 하면 죽어.

세종　　그래, 제발 좀 죽여주라, 오늘.

모란　　큭. 기대해.

통화 마치고 작업현장 정리하는 세종,

옷을 갈아입고 말없이 현장에서 벗어나 모란의 오피스텔로 간다.

심호흡 한 번 하고, 벨을 누른다. 모란이 문을 연다.

모란　　(덥석 안기며, 코맹맹이 소리로)어우야, 자기 너무 보고 싶었어.

세종　　(엉거주춤한 태도)나… 나도.

모란　　(뭔가 이상함을 느낀 듯 세종 확인하고, 비명 지르며 떨어진다) 어마앗!
너 누구야?

세종　　누구긴? 모란이 너… 정말 서운하다.

모란　　뭐야 그럼… 세종, 오빠라고?

세종　　씨발, 니가 오라고 했잖아?

모란　　내가 언제?

세종　　(통화내역 확인시켜주며) 봐라, 봐.

모란　　아닌 거 같은데… 너 그거 오빠한테 훔친 거지?

세종　　이게 이혼하면서 정신을 전 남편한테 맡기고 오셨나. 이리와. 오빠가 누
군지 확실히 보여주지.(모란 덥석 안고 엉덩이를 쓰다듬는다)

모란　　(벗어나려고 몸부림치다가 서서히 세종의 행위를 받아들인다) 아아, 알
겠어.
이 야만인! 개새끼!

세종　　왈왈!(한세종2처럼 짖어댄다)

손잡고 안으로 들어가는 모란과 세종.

탁자에 세팅되어 있는 와인병과 잔 두 개, 안주접시.

128

세종은 집안을 둘러보고, 모란은 소파에 다리를 꼬고 앉아 담배를 피운다.

모란　　(세종을 보며) 사람이 어쩜 저렇게 달라질 수 있지?

　　　　정말 자기 맞아? 이리 와 앉아봐, 자기.

　　　　　　　　　　　　　　　마주보고 앉아 와인 마시는 두 사람.

세종　　노인네랑 완전히 해결된 거야?

모란　　(계속 세종 얼굴 뜯어보듯 살피며) 우리 자기가 맞는 것 같기도 하고…

　　　　아닌 것 같기도 하고….

세종　　위자료는 제대로 챙겼고?

모란　　(와인 한 잔 쭉 들이켜고 나서) 빌라 하나 먹고 떨어지기로 했지 뭐.

　　　　부동산에 알아보니 한 40억쯤 한다더라고.

세종　　이야, 우리 모란이가 드디어 해냈구나. 돈벼락 제대로 맞았어.

모란　　겨우 그 정도 가지고 뭐….

세종　　야, 돈맛에 찌든 노인네한테 그 정도 받아냈음 성공한 거 아냐?

모란　　아유, 몰라 몰라. 골치 아파.

세종　　이야, 모란이 너도 이제 건물주구나. 축하한다, 야.

모란　　근데 그게… 담보가 걸려 있어서 아직 명의 이전은 못했어.

　　　　늙은 여우가 자꾸 해결을 뒤로 미루네.

세종　　곧 해결되겠지. (잔 부딪치며) 아무튼 모란, 독립, 만세다!

모란　　(활짝 웃으며) 만세에~!

　　8장

　　　　　　　　　　　　　　　　　　　　　　물탱크 안.

　　　　　　　　　　쿨렁거리는 물탱크 소리와 함께 퍼뜩 잠에서 깨는 한세종2.

한세종2	(어리둥절한 얼굴)어쩌다 또 여기서 잠들어버렸지?
	여기 살던 동생하고 술을 마셨던가? 그 담엔… 그 담엔… 이상한 꿈이었
	어.

> 허우적거리며 일어나 밖으로 나가는 한세종2. 옥탑방 앞에 서서
> 문을 두드린다.

| 한세종2 | 은실 씨이~ 나야, 문 열어요. |

> 옥탑방에 조명 켜지면, 세종과 은실 꺼안고 잠들어 있다.

> 퍼뜩 잠에서 깨 벌떡 몸을 일으킨 세종.
> 은실도 몸을 일으킨다. 겁에 질린 표정,

| 한세종2 | 야, 얼른 안 열고 뭐해!(왁살스럽게 손잡이 잡아당긴다) |

> 급기야 온몸을 파들파들 떨기 시작하는 은실.
> 위협적으로 기세를 올리는 문 두드리는 소리.

| 세종 | (은실의 손 힘주어 잡고)자긴 절대 나오면 안 돼. 알았지? |

> 세종, 전의를 다지듯 발소리 쿵쿵 울리며 출입문 쪽으로 걸어간다.
> 자물쇠 풀며 동시에 문을 세게 밀어붙인다.
> "어이쿠!"비명 지르며 나가떨어지는 한세종2.

| 한세종2 | 야! 이게 정말… 너 죽을래? |

엉덩이 툭툭 털며 위협하는 한세종2. 순간, 세종과 눈이 마주친다.

믿기지 않는 듯 눈을 끔벅거리며 세종을 멍하니 쳐다본다.

그러다 순간적으로 모든 상황을 파악한 듯 분노로 일그러지는 얼굴.

한세종2   너 뭐야?

세종   (밀리지 않겠다는 듯 기세등등하게) 넌 뭔데?

문을 닫는 척하다가 곧바로 거세게 밀어버리는 세종.

출입문에 부딪힌 한세종2, 비명 지르며 나동그라진다.

발딱 일어나 길길이 날뛴다.

한세종2   이런 쌍놈의 새끼가….

세종   (전의를 불태우며 옥상으로 나온다) 거, 말로 합시다.

한세종2   말로 할 게 따로 있지, 씨발놈아!

한세종2, 무서운 기세로 세종을 덮친다.

뒤로 발라당 넘어지는 세종. 얼굴에 한세종2의 주먹세례가 마구 쏟아진다.

한세종2   하! 이 잡놈의 새끼! 너 같은 잡놈들 보면 도저히 용서가 안 돼.

왜냐? 내가 잡놈이니까.

속수무책으로 얻어맞는 세종.

한세종2   (동작 멈추고 이죽거린다) 너 이 새끼, 좀 있다 보자.

옥탑방으로 들이치는 한세종2. 그를 보고 토악질하는 은실.

한세종2   (성큼 다가서며) 어이구, 우리 은실이 참 용해요. 병신 주제에 서방질이라니….

은실이 뒤로 한 걸음 물러나며 골프채 손에 쥐고 냅다 휘두른다.

퍽, 하는 소리와 함께 한세종2가 머리를 싸쥔 채 쓰러진다.
그의 몸뚱이 곳곳을 골프채로 계속 내리치는 은실.

세종, 가까스로 몸을 일으켜 집안으로 들어간다.
은실이 한세종2를 난타하고 있다.

작가·세종　(이글거리는 눈빛, 목쉰 소리로 처절하게) 그만안~! 그럼 안 돼.

완전히 넋이 나가버린 은실. 세종이 그녀를 뒤에서 안아 끌어낸다.
은실을 침대에 앉히고 진정시키는 세종,
머리에 피 흘리며 쓰러져 있는 한세종2를 밖으로 끌어낸다.

한세종2를 물탱크 안으로 밀어 넣은 세종, 자학적으로 물탱크에
머리를 쿵쿵 찧는다.

세종　아냐, 이런 식으로 살 순 없어… 이건 내가 아냐.

도망치듯 옥상에서 벗어난 세종, 모란의 집으로 향한다.
현관문에 등을 대고 숨을 헐떡이다가 벨을 누르는 세종. 계속 벨을 누른다.
하품하며 문 열어주는 모란.

모란　웬 일야, 연락도 없이?
(세종의 피투성이 얼굴을 확인하고) 자기, 얼굴이 왜 이래? 무슨 일이야?

세종을 소파로 데려가 앉히는 모란.

모란에게 안겨들며 흐느끼기 시작하는 세종.

세종   (울음을 삼키고) 나 당분간 여기서 좀 지내면 안 될까?

모란   집은 어쩌고? 와이프랑 같이 산다고 했잖아?

세종   난 이제 아무것도 아냐. 세종이도 아니고, 어느 누구도 아냐.

           누구의 누구도 아니고….

모란   정신 차려. 왜 이렇게 횡설수설이야?

세종   세상에서 완전히 지워져버렸어. 삭제돼버린 거야.

모란   (얼굴에 스미는 불안과 의심의 그림자) 자기… 무슨 일 저지른 건 아니
           지?

           무슨 사연인지 모르겠지만, 당분간이라면 여기서 지내도 괜찮아.

세종   고마워.

9장

스크린에 떠오른 노트북 화면.

작가가 화면에 뜬 글을 읽어나간다.

작가   그날부터 모란과의 동거가 시작되었다. 세종은 설비업체 일에도 시들
           해져버렸다. 내일을 기약하고, 그 안에서 뭔가를 도모하려는 의지가 소
           진되어버린 듯 일하는 게 귀찮았다. 세종이 자주 펑크를 내자, 사장도
           이제 웬만해선 그를 호출하지 않았다. 어쩌면 지금쯤 또 다른 '한세종'
           을 영입했을지도 모른다.

           일을 나가는 대신 세종은 모란의 집에 틀어박혀 지냈다. 아무거나 집히
           는 대로 건성건성 책을 읽고, 몽롱한 생각에 잠겨 있다가 잠에 빠져들고

꿈을 꾸었다. 무기력하게 흘려보내는 나날이었다. 하지만 조용하고 평온한 이런 생활이 마음에 들었다. 사실 물탱크에 거주할 때와 별반 다를 바 없는 나날이었다. 그러던 어느 날….

모란의 집. 세종이 거실에 엎드려 누워 만화책을 보고 있다.

모란   (외투 걸치며) 나 오늘 늦을 거야.

세종   (만화책 계속 들여다보며 무심하게) 그러시든가.

모란   자기, 언제까지 그러고 지낼 거야?

세종   (말없이 모란을 물끄러미 쳐다본다)

모란 나가고, 핀조명 받으며 멍하니 허공 바라보고 있는 세종과 작가.

쇼핑카트에 퀼트용품 싣고 옥상에 등장한 은실, 카트 밀며 물탱크 주변을 맴돈다.

바 안. 건물주와 모란이 심각한 표정으로 마주앉아 있다.

건물주   담보 문제는 나중에 해결해줄게.

모란   언제까지 기다려야 해. 건물 하나 팔면 되잖아?

건물주   야, 건물이 팔려야 말이지.

부동산에 매물로 내놨더니 이것들이 작당해서 헐값에 삼키려고 하잖아.

사기꾼 놈의 새끼들!

모란   그냥 적당한 가격에 넘겨. 나도 더 이상 못 기다려.

건물주   사업 그렇게 하는 거 아니다. 지금 넘기면 너나 나나 똑같이 손해야.

그래서 말인데… 모란아, 우리 다시 합치는 건 어때?

모란   뭐?

건물주	잘 생각해봐. 서로 손해 보는 짓은 하지 말아야지.
모란	왜? 또 다른 년하고 놀이나다 위자료 물어줄 생각하니까 아깝지?
건물주	그런 거 아냐.
	내가 전에, 죽을 때 니 품에 안겨서 눈감고 싶다고 말한 거, 진심이었다.
모란	진심 좋아하시네. 항상 집안에 가둬놓고 장식품 취급이나 했으면서.
	새 거로 갈아치우시지 왜. 당신 주변에 널린 게 그거 아냐?
건물주	모란아, 너 그거 다 오해야. 이 나이에 여자는 무슨….
모란	얼른 담보나 풀어줘. 또 법원에 가고 싶지 않으면.

자리에서 일어나는 모란. 건물주가 손목 붙잡고 주저앉힌다.

작가, 이상한 기운을 느낀 듯 세종 바라보면,

멍하니 앉아 있던 세종이 갑자기 이상반응을 일으킨다.

세종	어! 왜 이러지. (신음 내지르며 발작하듯 온몸을 떨어댄다)

세종과 동시에 발작하며 주저앉는 은실.

10장

모란의 옷방에서 짐 챙겨 나오는 세종.

그때까지 잠들어있던 모란이 깨어 일어난다. 눈 마주치는 두 사람.

모란	(빤히 쳐다보며) 누구…? 아!
세종	이제 일어났냐?
모란	그 가방은 뭐야? 어디, 가?
세종	그동안 고마웠다.
모란	왜 그래 갑자기?

세종	여기 너무 오래 있었어. 분실물 찾으러 가야지.
모란	뭘 분실했는데?
세종	내… 모든 것.
모란	자긴 꼭 결정적일 때 뚱딴지같은 소리 하더라. (사이) 눈치 챈 거야?
세종	뭘? 너 노인네랑 재결합하기로 한 거?
모란	(놀라며) 어떻게 알았어?
세종	어젯밤에 니가 그랬잖아? 독립 반환하기로 했다고.
	취해서 한 소린 줄 알았더니 진짠가 보네.
모란	노인네, 매일 전화해서 애새끼처럼 칭얼대는 거 귀찮기도 하고…
	3년 세월을 투자했는데, 겨우 낡아빠진 빌라 하나 먹고 떨어지기엔 내가
	너무 손해 보는 장사잖아. 안 그래?
세종	넌 참 좋겠다. 적어도 모란이 너 자신으로 살고 있으니까.
모란	너, 내 앞에서 함부로 빈정대지 말라고 했을 텐데?
세종	빈정거린 거 아닌데… 장사 잘 해라. (돌아선다)
모란	잠깐!
세종	왜?
모란	(묘한 표정 지으며) 근데… 너 진짜 누구야?
세종	(걸음 멈추고) 넌 누군데?
모란	나? 글쎄….

우루루 몰려나온 배우들, 세종에게 "넌 누구야?" "넌 누구야?"
집단으로 묻는다.
물음은 점차 관객들에게로 향한다.

배우들에게 내몰려 헐레벌떡 옥상에 들어선 세종, 비틀거리며
옥탑방으로 향한다.
문 열고, 성큼 들어서는 세종. 불을 켜자, 텅 빈 방안이 휑뎅그렁하다.

털썩 주저앉는 세종, 유리조각이 손에 잡히자 충동적으로
손목을 그어버린다.

세종 (손목에서 뚝뚝 떨어지는 핏물 바라보며) 다시… 다시 태어나고 싶어.

물탱크 쪽으로 엉금엉금 기어가는 세종.

물탱크사내 등장. 세종을 물탱크로 인도한다.

작가가 쓴 글 스크린에 비친다.

작가 (노트북 화면 보고 읽어 나간다) 칠흑의 어둠이다. 세종은 그런 곳에서
피 흘리며 누워 있고, 자신이 죽음의 문턱을 넘어섰다고 짐작한다. 이제
곧 어둠 저편의 까마득한 지점에서 빛의 문이 창문처럼 열리겠지. 세종
은 그 빛이 자신의 지친 영혼을 인도해가기를 기다린다. 노랗게 물든 빛
의 세상에서 **다시 태어나게 되기를** 기원한다.

무대 서서히 어두워지다가 다시 밝아지면, 물탱크에 집중되는
노란 색감의 조명.
온통 퀼트공예품들로 장식된 물탱크 안, 아기자기한 퀼트 가게로
변모해 있다.
그 안에서 퀼트작업 하고 있는 은실, 세종은 그녀의 무릎을 베고 누워 있다.

세종, 몸을 뒤채더니 번쩍 눈을 뜬다. 그의 손목에 감겨 있는 피 묻은 붕대.

은실 돌아왔어?
세종 (물탱크 안 두리번거리며 어리둥절해한다) 여긴 어디…? 지옥은 아닌 것
같은데….

137

은실	어쩌자고 그런 바보 같은 짓을 했어?
세종	(손목의 통증 느끼고 얼굴 찡그리며) 나도 발작이 왔거든. 스위치가 켜진 기분이야.
은실	(주머니에서 한세종2의 지갑과 휴대폰 꺼내 건네며) 이거나 받아.
세종	누구 거지?
은실	당신 거잖아.
세종	(주민등록증을 보며) 이게 나라구?
은실	그럼 누구겠어?
작가	스위치… (발작의 전조처럼 후들거리는 두 손)
세종	(신분증 보며) 이게 나란 말이지? 젠장! 나 또 이놈으로 살아야 하는 거야?
은실	기운 내. 여긴 그냥 잠시 머무는 정류장일 뿐이잖아.

골프채 들고 물탱크 밖으로 나온 세종, 골프채를 잠만경처럼
세우고 독백한다.

세종	이번엔 또 어떤 한세종이 찾아올 것인가? 누가 나 한세종이 되어줄 것인가?
	어떤 삶이 이 물탱크를 채워줄 것인가?
	(처절하고 절박하게) 출항, 출항이다!

은실도 밖으로 나와 세종과 합류한다. 골프채에 퀼트 작품을
깃발처럼 매단다.

은실	(두 손 치켜들며 외친다) 출하앙!

세종과 은실 손잡고 물탱크 안으로 들어가자,
물탱크가 마법처럼 환각의 빛을 발산하며 허공으로 둥실 떠오른다.

암전.

쿨렁, 쿨렁 물탱크가 숨을 쉬는 듯한 소리와 함께 무대 밝아지면,
물탱크 안에 잠들어 있는 작가가 보인다. 그의 손목에 감겨 있는
피 묻은 붕대.
잠꼬대하듯 "출항!" 하고 외치며 퍼뜩 잠에서 깨어 일어나는 작가,
세종의 옷차림을 하고 있다.

작가   (황망한 목소리) 어쩌다 또 여기서 잠들어 버렸지?

허둥지둥 물탱크 밖으로 나온 작가, 급히 옥탑방 쪽으로 향하다 멈칫 한다.

작가   (다급히 옥탑방 문 두드리며) 수경아! 아니, 은실 씨. 나야, 저예요. 문 좀
열어줘~요.

소형 물탱크들 천장에서 주르르 내려왔다가 다시 솟아오른다.
환영처럼 영롱해 보이는 물탱크들. 이를 멍하니 바라보는 작가.
다른 배우들 모두 무대로 나와 홀린 듯 물탱크들을 바라본다.

-막-

우리는 지금 어디로 가고 있는가

우리는 지금 어디로 가고 있는가

등장인물

송기태: 36세, 천마자동차 노조 비정규직지회 사무국장
정금단: 40대 중반, 생체공학 회사 <바이오 레벌루션>의 창업자
류재우: 31세, 정금단의 비서
닥터 프랑켄: 60대 중후반, 바이오 연구소 박사
오춘희: 30대 중반, 수석 연구원이자 닥터 프랑켄의 조수
태 기자: 20대 후반의 여성, 인터넷방송국 BJ역도 겸한다.
변장호: 34세, 송기태의 동료 노조원
이미라: 33세, 송기태의 아내
황보경: 30대 초반, 노래주점 종업원

형사, 카메라맨, 경찰, 네이버지식인1 2,
간호사, 투자자들, 꼬리 달린 남자와 여자

무대

무대 가장자리마다 동물원 철창을 연상시키는 구조물이 설치되어 있다.
무대는 크게 세 부분으로 분할되며 ┌┐ 형태를 취한다.
무대 뒤편에 바다를 배경으로 철탑 하나가 우뚝 솟아 있다. 철탑을 점거한 송기태가
시위를 벌이는 현장이다. 철판과 합판을 겹겹이 깔고 그 위에 바람막이용 비닐로 천
막을 쳤다.
철탑 아래에도 작은 천막 하나가 웅크리고 있다.

무대 왼쪽에 대표실이 있고, 그 위층에 닥터 프랑켄의 연구실이 자리한다. 대표실에서 연구실로 이어진 계단이 있고, 실험실과 철탑을 연결하는 통로를 설치해 배우들이 이동할 수 있게 한다. 오른쪽은 경찰서 조사실과 병원 진료실로 꾸민다. 무대 중앙은 적절한 장치와 소품을 배치하여 송기태의 집 거실이나 농성장 등으로 활용할 수 있다.

1막

1장. 인간의 얼굴을 한 꼬리

정금단 대표 사무실.
엉거주춤 서서 엉덩이에 장착한 꼬리를 대형 거울에 비춰보는 정 대표.
정확히 꼬리뼈 부위에 매달린 은빛 꼬리가 굼틀굼틀 움직인다.
광대처럼 움직이는 정 대표. 그 옆에 서서 흘끔흘끔 쳐다보는 비서 류재우.

정금단　(두 손 번쩍 쳐들며) 유레카! 꼬리가 정말 내 생각대로 움직이고 있어.

류재우　정말입니까? 그게 정말 대표님 뜻대로 움직인단 말이죠?

정금단　(비서를 부르듯 꼬리 까딱까딱 흔들며) 뭐 해? 이리 가까이 오라잖아.

류재우　예?

정금단　(꼬리 흔들어대며) 어때 내 꼬리?

류재우　멋지십니다! 이건 마치… 진짜 고양이 같네요.

비서, 가까이 다가가 꼬리를 손에 쥔다. 충동적인 행위, 계속 이어진다.

류재우　(꿈꾸듯 몽롱한 표정) 아흐~ 이거 정말 죽여주는 꼬리네요.

꼬리를 입에 덥석 문다. 정 대표 입에서 본능적인 신음이 한숨처럼

143

흘러나온다.

정금단　　아~아~아~그만!

　　　　　　　　　멈추지 않는 비서. 정 대표의 꼬리와 엉덩이에 얼굴을 묻는다.

정금단　　(비서의 손 툭 쳐낸다) 그만하라니까!

　　　　　　　　　비서의 가슴팍을 냅다 걷어차는 정 대표.
　　　　　　　　　헉, 하고 나동그라지는 비서.

류재우　　(발딱 일어서며) 죄송합니다! (냉큼 무릎 꿇는다)
정금단　　(어이없다는 듯) 하~! 이 새끼 봐라. 너 설마 나를… (부들부들 떨어대는
　　　　　　　꼬리)
류재우　　아닙니다. 제가 어떻게 감히….
정금단　　그럼 뭐야? 왜지?
류재우　　(머리 조아리며) 죄송합니다.
정금단　　왜냐고 묻잖아?
류재우　　(잠시 머리 굴리다) 꿈인 줄 알았던 것 같습니다.
정금단　　꿈? (푸하하 웃는다)
류재우　　예… 꿈이 아니고서야….
정금단　　(다시 정색하며) 꿈에서는 그래도 된단 얘기야? 그랬니?
류재우　　아니… 안 그랬습니다. (손 내저으며) 그런 적 없어요.
　　　　　　아마… 꼬리 때문인 것 같습니다.
정금단　　꼬리?
류재우　　꼬리가 제게 명령을 내리는 것 같았습니다.
정금단　　(왠지 모르게 흥이 실린 목소리) 이 꼬리가…?

144

류재우	예. 확실치는 않지만, 분명 그런 느낌적 느낌이….
정금단	네놈이 꼬리 비서냐? 꼬리 비서야?
류재우	지금은 이 꼬리가 곧 대표님의 손이자 입이 아니겠습니까? 분명 꼬리가 제게 명령을 내렸다니까요.
정금단	(서늘한 미소) 우리 재우, 많이 컸네. 그럼 상사추행죄로 법정에도 서봐야지? 언니가 쑥쑥 키워줄게.
류재우	(납작 엎드려 빈다) 죽을죄를 졌습니다. 제가 꼬리에 홀리는 바람에 그만….
정금단	일어서!

재우, 엉거주춤 일어선다.

| 정금단 | 앉아! |

재우, 앉는다.
정 대표, 다시 명령한다.

| 정금단 | (턱짓으로) 자동! |

재우, 명령에 따라 기계적으로 움직인다.

정금단	뭐, 꿈인 줄 착각했다고 해두자. 하지만 꿈에서도 그런 짓은 절대 용납할 수 없어.
류재우	(우렁차게) 꿈도 꾸지 않겠습니다. (눈치 살피며 은근슬쩍 동작 멈춘다)
정금단	(다시 꼬리를 거울에 비춰보며) 닥터 프랑켄, 그 괴물 같은 노인네… 이런 걸 만들어 내다니.

류재우	대단한 분이세요. 박사님이 처음 그 연구 프로젝트를 들고 대표님을 찾아왔을 때만 해도, 솔직히 미친 짓이라고 생각했는데….
정금단	황당한 일이었지.
	저명하신 생체공학자가 애니메이션 제작사를 찾아와 동업을 제안하다니 말야.
	이것들이 여성기업인이라고 만만하게 보는구나 싶었지.
	대충 들어주는 척 하다가 박살내 버릴 생각이었어.
류재우	그런데 결국 박사님 말을 끝까지 들어주셨잖아요?
정금단	웃기지 않았니? 조수로 따라온 오춘희가 프레젠테이션을 했잖아.
	꼬리인간을 만들어 인류 진화론의 새 역사를 쓰겠다느니, 10년 뒤면 인간꼬리 산업이 엄청난 부가가치를 창출할 거라느니….
	그런 헛소리를 누가 믿는다고 그렇게 진지하게…(깔깔 웃는다)
류재우	또라이들 같았어요.
정금단	그랬지. 근데 계속 듣다보니 이상하게 설득이 되더라. 서서히 납득이 되더라니까. 결국 그 괴물들이 학습용 애니메이션 제작자였던 나를, 생체공학 벤처 창업자로 변신시켰어. 미친 짓이었지. 주위에서도 엄청 말렸으니까.
	(언뜻 생각난 듯) 아, 오 실장 감시 잘하고 있지?
류재우	물론이죠.
정금단	잘 살펴라. 개가 자칫 변심이라도 하는 날이면 와르르 무너질 수 있어.
류재우	아직까진 이상 없습니다. 오 실장은 박사님 곁에 꼭 붙어있어야만 하니까요.
	성형중독 때문에 괴물이 돼버린 오 실장을 박사님이 구해냈다고 말씀드렸잖아요?
정금단	그래. (피식 웃음 흘리며) 둘 사이에 그런 비밀이 있을 줄이야… 오 실장도 닥터 프랑켄의 창조물이나 다름없지.
류재우	요즘도 부작용 생길 때마다 박사님이 수시로 케어해 주고 있어요.

| 정금단 | 그 방면에 있어서도 최고의 실력자지. 나도 안심하고 케어 받고 있으니까. |

거울에 얼굴 비춰보는 정 대표. 시술받은 부위를 살펴보는 듯하다.

류재우	(눈치 보며) 저… 근데요, 대표님.
정금단	뭔데? 말해봐.
류재우	저는 사실 아직도 확신이 안 서거든요.
	이 꼬리가 상품화된다한들 이걸 필요로 하는 사람이 얼마나 되겠나 하는 거예요.
정금단	이야, 우리 재우가 드디어 생각이란 걸 하기 시작했구나. (머리 긁적이는 재우)
	네 말대로 당장은 이런 꼬리를 원하는 사람은 별로 없을 거야.
	그렇지만, 소비자의 욕구는 상품을 개발한 회사에서 만들어 주는 거야.
	어떻게? 스토리를 들려주는 거지.
	어떤 스토리? 사람들의 욕망과 갈망을 자극하는 스토리.
류재우	아하, 그럼 꼬리에 어울리는 스토리는 어떤 게 있죠?
정금단	글쎄다. 마케팅 부서에서 어련히 알아서 하겠지만, 한 가지 예를 들자면 이런 거야. 너 그리스로마신화 정도는 읽어봤지?
류재우	저는 초딩 때부터 운동만 해서요.
	그냥 심심할 때 만화로 대충 훑어서 기억나는 게 별로 없어요.
정금단	거기 보면 말이다.
	신들이 동물로 변신해서 아리따운 인간 처녀와 동침하는 얘기가 수두룩하거든.
	그런 신화적인 스토리를 이 꼬리에 입혀보는 거야.
	꼬리를 달고 변신해 보세요. 순간 당신은 그리스신화 속 주인공이 됩니다.

류재우	오오, 대표님은 천재예요.
정금단	(갑자기 짓궂은 표정으로 빤히 바라보며) 어이 류재우!
류재우	예?
정금단	이리 가까이 와봐.
류재우	왜요?
정금단	거울 좀 봐봐. (재우, 시키는 대로 한다) 재우야, 재우야!
류재우	(반사적으로) 예, 대표님!
정금단	넌 어떤 꼬리를 갖고 싶니?
류재우	예?
정금단	대답해. 저 거울이 묻고 있잖아.
류재우	글쎄요, 저는 셰퍼드의 꼬리를 달고서라도 계속 대표님 곁을 지키고 싶어요.
정금단	어우, 이놈! (재우의 엉덩이 가볍게 툭툭 친다) 아부도 많이 늘었어.
류재우	아무튼 꼬리인간들이 꼬리치는 세상이 곧 도래한다니 놀랍기도 하고 엄청 기대되고 그래요.
정금단	이제 곧 우리 회사가 꼬리치는 세상을 만들어가게 될 거다.
	아, 저녁뉴스 좀 볼까?
류재우	(리모컨 들고) 종편채널로 가볼까요?
정금단	에이, 이젠 종편도 식상해서… 알잖아, 내 취향.
류재우	아, AVN!
정금단	난 그 방송국 코드가 맘에 들더라. 새끈하잖아.

꼬리를 잡고 싶은 충동에 사로잡힌 재우, 반사적으로 꼬리 향해 손을 뻗는다.
순간, 금단과 재우 정지동작. 꼬리만 살아 꿈틀거린다.

2장. 무엇에 쓰는 물건인고?

송기태의 철탑시위 현장. 철탑에 발판 깔고 비닐 천막으로 집을 지었다.

천막집 위아래로 '부당해고는 살인이다', '비정규직 정규직화',

'해고자 복직' 등의

문구가 적힌 플래카드와 만장이 펄럭인다. 천막 옆에 길게 늘어진 도르래.

천막 안에는 아이스박스, 페트병, 환자용 변기, 물통, 무선마이크,

휴대용가스버너,

플라스틱 용기, 팔의 근력을 기르는 운동기구 등이 정리되어 있다.

팔굽혀펴기 하던 기태, 벌떡 일어나 무대 정면을 향해 선다.

흡사 야수의 몰골이다.

멋대로 자란 사자머리, 구릿빛으로 그을린 얼굴, 남색 작업복 차림,

바지 엉덩이 쪽에 목검의 커버처럼 보이는 주머니 하나가 꼬리처럼

매달려 대롱거린다.

기태, 페트병 들고 소변을 본다.

인터넷방송국 AVN의 BJ와 카메라맨 등장한다.

둘은 송기태와의 교신을 위해 설치된 스피커와 마이크가

있는 곳으로 향한다.

마이크 들고 기태를 올려다보는 BJ, 촬영위치 잡는 카메라맨.

기태도 무선마이크를 들고 나온다. 이후 기태는 BJ의 리포트

상황에 맞춰 움직인다.

정 대표 사무실에서는 1장의 상황이 계속 이어진다.

정지동작에서 풀려난 금단과 재우.

재우가 리모컨 누르는 동작 취하면, 방송뉴스 장면이 무대에서

그대로 재현된다.

소파에 앉아 뉴스 시청하는 정 대표, 그 옆에 서있는 재우.

BJ	(무선마이크 들고) 기자는 지금, 천마자동차 비정규직지회 사무국장 송기태 씨가 부당해고 철회와 비정규직 철폐 등을 주장하며 철탑 고공농성을 벌이고 있는 현장에 나와 있습니다.

BJ　(무선마이크 들고) 기자는 지금, 천마자동차 비정규직지회 사무국장 송기태 씨가 부당해고 철회와 비정규직 철폐 등을 주장하며 철탑 고공농성을 벌이고 있는 현장에 나와 있습니다.

제 앞에 50미터 높이 철탑 꼭대기에서 300일째 시위를 이어가고 있는…

(앰프에서 울리는 지직거리는 소음) 송기태 씨가 기자에게 손을 흔들고 있습니다.

안녕하세요? 송기태 씨?

송기태　무슨 방송국이라고 했죠?

> 바다 쪽에서 맵찬 바람이 불어와 철탑을 흔들어 댄다.
> 기태의 목소리가 바람에 파묻힌다. 그의 바지에 달린 주머니가
> 진동하듯 떨린다.

BJ　뭐라구요? 송기태 씨? 제 목소리 들리나요?

송기태　네, 말씀하세요.

BJ　바지에 달린 그 이상한 꼬리는 뭔가요?

송기태　기자님도 참… 정말 기자 맞아요?

BJ　아 예, 그걸 궁금해 하는 시청자들이 많아서요.

송기태　벼랑 끝에 몰린 노동자들이 줄줄이 죽어나가고 있는데,

왜 고작 그깟 게 이슈가 되는지 모르겠네요.

(꽁무니 내보이며) 기자님은 뭐처럼 보입니까?

BJ　글쎄요. 꼬리 대신 달고 있는 것 같다는 시청자들 의견도 있는데요?

송기태　꼬리 대신이 아니라, 꼬리, 맞습니다.

BJ　보여주실 수 있나요? 무슨 꼬리죠? 시청자들을 위해 꼬리 한 번 쳐주시면….

정금단　(푸하하 웃으며) 꼬리를 쳐달래. 쟤 정말 골 때린다.

송기태	내가 미쳤지. 가짜뉴스 판치는 인터넷방송국하고 무슨 인터뷰를 하겠다고….
BJ	거기 올라가신 지 벌써 300일째인데요, 제일 힘든 점이 뭡니까?
송기태	특별히 하나만 꼽자면, 기자 같지도 않은 기자새끼들이 쳐들어와서, 한심하기 짝이 없는 질문공세 퍼부어댈 때가 제일 힘듭디다. 얼마 전에도 꼬리 운운하며 저를 마치 동물 바라보듯 하는 기래기가 있었는데요, 비참하고 굴욕적이었습니다. 내려가서 한 대 패주고 싶은 충동이 들었는데, 지금도 살짝 그런 충동이 드네요.
BJ	아 네….
정금단	(벌떡 일어서며) 저, 저런 멍청한 년 같으니라고. 거기서 더 파고들어야지, 바보야! 엄청난 특종을 터뜨릴 절호의 기회라고.
류재우	예? 무슨…?
정금단	송기태 저 놈은 지금 진실을 말하고 있는 거야. 저 꼬리 좀 봐. 안에 진짜 꼬리가 숨어있는 게 분명해. 얼른 튀어가서 닥터 프랑켄 데려와.

급히 연구실로 향하는 재우.

연구실에서는 닥터 프랑켄과 조수 오춘희가 꼬리를 달고 기능테스트를 하고 있는 중이다.

은발의 긴 머리를 포니테일 스타일로 묶고 있는 닥터 프랑켄, 큰 키에 60대 후반의 노인이라고 믿어지지 않을 정도로 젊고 활기차 보인다.

반면 오춘희는 작고 왜소하다.

온통 하얗게 화장한 얼굴에 짙은 아이섀도, 붉고 도톰한 입술이 그로테스크
하다.

실패한 성형수술의 영향 탓인지 얼굴 전체가 묘하게 뒤틀린 인상이다.

두 개의 꼬리가 서로 뒤엉켜 굼틀거린다.

급한 마음에 노크도 없이 들이닥친 재우가 이 장면을 보고 경악한다.

프랑켄	저, 저 예의라곤 꼬리만큼도 없는 놈!
류재우	지금 뭐하시는 시추에이션입니까?
프랑켄	보면 모르나? 기능 테스트 중이었네.
류재우	거 참, 괴상야릇한 테스트네요.
오춘희	(두 손바닥으로 엉덩이 가리고) 아셨으면 그만 나가주시죠.
프랑켄	자네가 여긴 웬일인가?
류재우	대표님께서 급히 오시랍니다.
프랑켄	정 대표가? 무슨 일인가?
류재우	가보시면 압니다. 아주 이상한 꼬리인간이 나타났어요.
프랑켄	뭐? (급히 꼬리를 떼어 춘희에게 건네주고) 가지.

재우와 함께 서둘러 대표실로 내려가는 닥터 프랑켄.

BJ	언제까지 거기 계실 건가요?
송기태	우리 요구가 관철될 때까지 내려가지 않을 겁니다.
정그만	(막 들어서는 프랑켄 박사를 향해) 저것 좀 봐요, 박사님.
	저 꿈틀거리는 꼬리주머니. 저게 뭘까요?
프랑켄	오, 저게 뭐죠? 살아 있는 물체 같은데요?
정금단	그렇죠? 혹시 진짜 꼬리가 저 안에 들어있는 것 아닐까요?
프랑켄	살짝 굽은 저 허리 골격을 봐도 그렇고,
	꼬리 달린 유인원의 골격을 갖추고 있네요.

정금단	저 유인원을 만나봐야겠어요.
프랑켄	확인해볼 필요는 있어 보입니다.
정금단	(재우에게) 저 원숭이에게 연락할 수 있는 방법을 찾아봐.
	농성장 지키고 있는 원숭이들은 몇이나 되지?
류재우	알아볼까요?
정금단	그래. 숫자 파악해서 현장에 바나나하고… 또 뭐가 필요하지?
류재우	글쎄요, 컵라면이나 손난로 같은 게 필요하지 않을까요?
정금단	그래. 그것들 넉넉히 챙겨 보내고,
	송기태 저놈 핸드폰 번호 반드시 알아내. 오늘 안에….
류재우	알겠습니다.
BJ	송기태 씨, 가족도 생각하셔야죠.
송기태	제가 다시 인간으로 복귀하지 못하는 이상, 가족이 무슨 소용입니까?
프랑켄	인간으로 복귀하지 못한다, 암시적인 말이네요.
BJ	마지막으로, 부탁이 있는데요?
송기태	뭐요?
BJ	꼬리 한 번 살짝 보여주실 수 없나요? 이거 지금 유튜브로 실시간방송
	중인데, 접속자들 성화가 빗발치고 있어서요. 꼬리 보여 달라고.

꼬리주머니, 분노하듯 공중으로 솟구친다.

프랑켄	저, 저거… 맞네, 꼬리. (허둥댄다) 어떻게 이런 일이….
송기태	차마 그 짓은 못하겠고, 힘들게들 오셨는데 내 선물 하나 드리지.

천막으로 들어가 비닐봉지 들고 나오는 송기태, BJ를 향해 냅다 던진다.

가슴에 맞고 툭 떨어지는 비닐봉지. BJ의 투피스 정장이 황갈색으로 물든다.

BJ   (코를 싸쥐며) 우웩, 이거 똥물 아냐?

송기태   그거나 처먹어라, 기레기들아!

발작적으로 웃음 터뜨리는 정 대표, 류재우, 프랑켄.

"더러운 놈!" BJ와 카메라맨, 욕설 내뱉으며 퇴장한다.

정금단   (계속 웃으며) 크큭, 저놈 완전히 동물원 원숭이잖아.

류재우   (히죽거리며) 원숭이 똥일까요?

정금단   확인해 봐야겠어.

류재우   뭘 말입니까, 대표님?

정금단   저 꼬리 말야.

류재우   위험해요, 대표님.

프랑켄   그래요, 위험합니다. 지켜보는 눈들이 많아요.

정금단   걱정 말아요. 아주 은밀하게 만날 거니까.

프랑켄   저 자가 우리 얘길 들어줄까요? 우리야 아무 상관없는 사람들인데.

정금단   내게 방법이 있어요. 저렇게 주머니 속에 감추고 있는 걸 보면,

           원숭이처럼 꼬리가 돋아난 게 수치스럽고, 무섭기도 하고 그럴 거예요.

           그래서 박사님을 미끼로 써서 유인해볼 생각이에요. (웃음)

프랑켄   저를요?

정금단   박사님의 마법에 가까운 외과수술 능력!

프랑켄   (그제야 알아차린 듯) 아~ 맘껏 쓰십시오. 저도 얼른 만나보고 싶네요.

           가능하다면 저놈을 당장 납치해오고 싶지만….

정금단   스스로 걸어 들어오게 해야죠.

           저 유인원이 우리에게 그만한 가치가 있다면 말이죠.

두 사람 마주보고 웃는다. 재우만 어리둥절한 표정으로 서있다.

연구실. 재우가 쭈뼛거리며 안에 들어선다.

실험 결과표를 훑어보고 있던 닥터 프랑켄과 춘희, 의외라는 듯 멀뚱히 쳐다

본다.

프랑켄	요즘 자넬 여기서 자주 보게 되는군.
류재우	뭐 그냥… 궁금해서요.
오춘희	(경계하는 목소리) 뭐가요?
류재우	뻣뻣하시네요. 동지끼리 너무 하시는 거 아닌가요?
오춘희	그러게요. 그쪽은 왜 그렇게 뻣뻣하게 구셨어요? 동지끼리 말이죠.
프랑켄	사실 말이지, 자네가 우릴 얼마나 무시해 왔나.
	대표님 미팅 요청하면 멋대로 싹둑 잘라버리고 말야.
류재우	그 점은 미안하게 생각합니다. 하지만 5년은 정말 긴 세월이었어요.
	대표님은 투자자 구하느라 동분서주하시는데 성과는 나오지 않고….
프랑켄	허! 5년이 길다… 무식한 놈! 네놈이 뭘 안다고 함부로 입을 놀려.
류재우	저는 언제나 대표님 안전을 책임지는 보디가드이자
	비서로서의 역할에 최선을 다했을 뿐입니다.
프랑켄	이봐. 자네가 무슨 톱클래스 연예인 매니저라도 되는 줄 아나?
	비서면 비서답게 굴란 말야.
오춘희	도가 지나치다니깐.
프랑켄	그래, 왜 왔나? 자네가 우리 실험실이나 구경하자고 온 건 아닐 거 아냐?
오춘희	또 뭐 염탐이나 하러 왔겠죠.
류재우	왜 이러세요? 그런 거 아닙니다.
프랑켄	그럼 왜?
류재우	사실….

프랑켄	사실…?
류재우	사실, 고민이 있어 왔습니다.
오춘희	이봐욧! 여기가 무슨 고민상담소로 보여요?
	박사님이 류 비서 고민이나 들어줄 한가한 사람으로 보이냐고?
프랑켄	별일일세. 단순무식한 자네도 고민이란 걸 하는군. 말해보게.
류재우	이거 참, 말씀 드리기가 좀 거시기한데….
프랑켄	하! 이 친구, 꼬리 때문이구만?
류재우	예? 아니 그걸 어떻게…?
프랑켄	자네, 대표님 꼬리 때문에 미치겠지?
류재우	제가요, 요즘 그놈 때문에 기분이 묘해요.
	고양증맞은 게 대표님 엉덩이에서 실실 꼬리치는 걸 본 뒤로 잠도 안 오
	고, 정말 미치겠다니까요.
프랑켄	오호, 그래. 어떤 기분인가?
류재우	저도 모르게… 달아오르는 것 같아요.
프랑켄	달아오른다. 흥미롭군. 흥분된다, 그런 말이지?
류재우	예. 그런 것 같아요. (사타구니 가리키며) 여기에서 폭죽이 터지는 것 같
	고….
프랑켄	그거야 우리 대표님이 지나치게 매혹적인 분이시라 그런 거 아닐까?
류재우	아니오. 전엔 한 번도 이런 적 없었어요. 맹세코!
프랑켄	나이 탓인가? 솔직히 난 그 정도까진 아니던데.
오춘희	(애처로움과 갈망이 교차하는 표정) 박사님 아직 젊으세요.
	연구에 대한 압박 때문일 거예요. 그동안 쉴 틈 없이 달려오셨잖아요.
프랑켄	(춘희 힐끗 보고) 그럼 너도…?
오춘희	(부끄러운 듯) 네. 확실하지 않아서 말씀 못 드렸는데 저도….
프랑켄	(기쁨에 젖은 탄성) 유레카! 바로 그거였어.
	(재우에게) 자네 내일 시간 나면 실험실에 좀 들러주겠나.
류재우	제가 왜요?

프랑켄	정밀 테스트를 좀 해보잔 말일세. 오 실장이랑 함께.
류재우	하필이면 오 실장이랑…?
오춘희	(눈 부라리며) 나도 너 싫어!
류재우	아무튼 저를 실험용으로 쓰신단 말이잖아요?
프랑켄	언젠 동지라더니, 그 정도 협조도 못해주나?
류재우	싫습니다.
프랑켄	좋아. 자네가 막 함부로 꼬리에 흥분하고 그러는 거 대표님도 아시나?
류재우	대표님이 그거 아시면 절대 안 되죠. 이 얘긴 대표님께 비밀로 해주셔야
	합니다.
프랑켄	그럼 내일 실험실로 와.
류재우	(중얼거리듯) 치사한 노인네!
프랑켄	인류의 새로운 진화의 역사를 열어젖히는 일이야.
	이 위대한 연구에 동참할 기회를 준 걸 영광으로 알게.
류재우	됐어요. 영광은 무슨… 비밀이나 지켜주세요.
프랑켄	자네 하는 것 봐서.

재우, 문 벌컥 열고 나가버린다.

철탑 농성장.
저녁 무렵. 이미라가 속옷과 음식, 책 몇 권을 챙겨 들고 현장을 방문한다.
오랜 기다림, 생활고에 지친 몰골.

변장호가 천막에서 나와 그녀를 맞는다.

변장호	오셨어요, 형수.
이미라	현애아빠는요? 몸에 무슨 이상 있는 거 아니죠?
변장호	형님 여전히 건강하십니다. 위에서 틈틈이 운동도 하고 그러니까요.
이미라	잘 부탁해요, 장호 씨. 혹시 무슨 일 생기면 저한테 젤 먼저 연락 주셔야

해요.

변장호   그럼요, 그럼요.

이미라   꼭이요.

          기태가 모습을 드러낸다. 미라를 향해 손을 흔든다.

          눈물이 나오는 듯 손등으로 눈가를 훔친다.

이미라   (스피커에 연결된 마이크 들고) 힘내 현애아빠!

        근데 그놈의 꼬리 좀 떼면 안 돼? 보기 민망하다.

        사람들이 자꾸 이상한 거 물어보잖아.

송기태   다 헛소리들이야. 무시해버려.

이미라   그렇지? 맞지? 정말 꼬린 아니지?

송기태   저 여편네가 남편을 짐승으로 아나.

이미라   갈게. 건강 잘 챙겨.

송기태   미안하다. 현애한테도….

이미라   미안한 줄은 아나?

          기태가 빨랫감 수북이 쌓인 바구니를 도르래에 걸어 내린다.

          장호가 빨랫감을 꺼내고 거기에 미라가 가져온 물품들을 담는다.

          바구니가 줄광대처럼 흔들리며 철탑을 오른다.

          바닷바람이 세차게 분다.

이미라   (장호에게) 그만 가볼게요.

변장호   그래요, 형수. 안녕히 들어가세요.

          장호, 엉덩이 더듬으며 천막으로 들어간다.

          기태와 비슷한 꼬리주머니가 달린 바지로 갈아입고 나온다.

          기태를 향해 외친다. "형님아! 나도 꼬리 생겼다아!"

위에서 내려다보던 기태, 고개 흔들며 뇌까린다. "저 미친놈,
저거 언제 철 드나."

그때 두 번째 방문객이 들어선다. 미래일보 태 기자다.

태기자   (장호 꼬리주머니 흘낏 보고) 어느새 두 분이 꼬리 동지가 돼버렸네요.

변장호   흐흐, 갑자기 나한테도 이런 요물이 생겨버렸어.

태기자   300일 기념해야죠. (씩 웃으며 가방에서 샴페인 병 꺼낸다)

변장호   이런 기념일은 없었으면 좋겠는데.

장호, 샴페인 터뜨린다. 거품이 그의 손등과 무대 바닥을 적신다.

대표실과 연구실에서 나온 금단, 재우, 프랑켄, 춘희.
둘씩 짝을 지어 두 대의 차량에 나눠 타는 동작 취한다.

정금단   (운전석의 재우에게) 얼마나 걸린다고 했지?

류재우   도로 안 막히면 두 시간 정도면 도착할 거예요.

정금단   오케이, 출바알! 동물원으로!

류재우   출발!

장호, 종이컵에 샴페인 따라 기자에게 건네고, 송기태를 부른다.
"형님, 나와 보세요."
송기태가 한 손에 휴대폰, 다른 손에 캔맥주 들고 천막 밖으로
얼굴을 내민다.

송기태   (건배하듯 맥주 캔 치켜들며) 이야, 태 기자 오랜만에 보네?

태 기자, 휴대폰으로 송기태에게 전화를 걸면서 스피커폰 모드로 전환한다.

태기자	(입을 휴대폰 가까이 대고)300일 맞은 소감이 어때요?
송기태	두렵지.
태기자	어떤 점이요?
송기태	내가 이 생활에 익숙해져버린 것 같아. 그게 두려워.
태기자	흠…(취재수첩 펼쳐 받아 적으며) 철탑 생활에 익숙해진다는 것, 두렵다.
송기태	(암울한 표정)벌써 동지들 스물다섯이 죽어나갔는데…
	어쩔 땐 내가 무엇을 위해, 누굴 상대로 싸우고 있는지조차 모르겠어.
	부당해고 철회, 가압류소송 취소, 비정규직 정규직화를 위한 싸움?
	아닐지도 몰라. 더 거대한, 근본적인 뭔가가 있어.
태기자	더 거대하고 근본적인 것… 그게 뭘까요?
송기태	미치겠는 건 그 거대함의 실체가 보이지 않는다는 거지.
	뜬금없는 말 같지만, 탐욕스런 자본이 인간의 시대를 말살시켜가고 있는 것 같아.
태기자	(기록을 멈추고) 위험해요, 그런 생각들. 신화가 되려고 하지 말아요.
	자칫 스물여섯 번째 희생자가 될 수 있다구요.
변장호	걱정 마 태 기자. 내가 있는 한 여기서 그런 일은 벌어지지 않아.
	(기태 올려다보며) 형! 그것만은 절대 안 돼.
송기태	지랄! 너야말로 함부로 설치지 마, 임마.
변장호	내가 뭘?
송기태	전에 분신한다고 휘발유통 들고 난동 부린 놈이 누군데?
변장호	난동은 무슨… 그때 내가 나서지 않았으면 다른 놈이 그랬을 거라고.
	거기도 내가 올라갔어야 해. 형수님하고 현애한테 미안하지도 않냐?
송기태	그래 임마. 너한테까지 암말 않고 철탑에 노조깃발 꽂아버린 건 미안하다.
	난 그저 내가, 나 혼자 감당해야 한다고 생각했어.
태기자	왜죠? 이유가 뭐예요?

송기태	나만이 이 철탑에서 장기농성을 성공적으로 해낼 수 있다고 판단했거든.
태 기자	무슨 근거로요?
송기태	그건 나중에, 이 지랄 맞은 상황 정리되면 태 기자한테 젤 먼저 말해주지.
	엄청난 특종이 될 거야. 내 장담한다.
태 기자	꼬리랑 관련 있는 특종이겠죠?
송기태	에이, 또 그놈의 꼬리 얘기냐?
태 기자	이제 사람들 관심은 오직 그 꼬리만 남은 것 같아요. 정말이지 그로테스크해요. 우리 데스크에서도 기괴한 의심을 품고 있고.
송기태	무슨 의심?
태 기자	꼬리주머니도 농성의 전략이 아닌가, 의심이 간다는 거죠.
	'어떻게든 대중의 관심을 붙잡아보려는 수작 아냐?' 국장님 말씀이에요.
송기태	수작? 여기서 내려가면 국장님 찾아뵙겠다고 말씀드려.
	이거… 같은 국장끼리 너무하는군. 가만 안 둘 거야.
태 기자	합리적인 의심 아닌가요?
송기태	노동이 천대받고 노동자가 짐승취급 당하는 세상에,
	꼬리인간이 곳곳에서 출몰한다 해도 전혀 이상할 게 없지.
	내 꼬리가 그렇게 말하는데, 아무도 듣질 않는군.
태 기자	(기태의 말을 받아 적는다) 제가 전해드리죠. 꼬리의 말을 들어라!
송기태	고마워, 태 기자. 그대로 전해줘.
태 기자	(갑자기 심각해지며) 근데, 두 분 지금 이러고 있을 때가 아닌데….
송기태	왜? 뭐 새로 들어온 소식이라도 있어?
태 기자	오늘 입수한 정보에 의하면, 경찰청에서 강제진압을 검토하고 있대요.
	고용노동부도 그걸 묵인해주려는 눈치고.
	이르면 내일이나 모레 경찰 병력이 투입될 거라는 소문도 있어요.

161

송기태	결국 막장까지 가보자는 건가? 시발, 다 오라고 해!
	우리도 그럴 줄 알고 준비한 게 있으니까.
태기자	어! 그래요?
변장호	에헤이~ 묻지 마, 태 기자. 샴페인 맛 떨어져.
태기자	뭔데 그래요?
송기태	무시무시한 폭탄을 준비하고 있어.
태기자	포 폭탄? 설마 천막에 화염병 같은 거 만들어 뒀어요?
송기태	고작 화염병 갖고 골리앗과 대적할 수 있나. 내 무기는… 똥이야, 똥. 다
	윗의 똥!
태기자	똥? 아~ 그 BJ년한테 한 방 먹인 거? (호쾌한 웃음) 진짜 통쾌하더라.
변장호	그만해, 이 냄새나는 다윗아!
송기태	200일째 되던 날 놈들이 천막에 물대포를 날렸잖아?
	그날 천막에 고인 물 퍼내느라 내가 완전 녹초가 됐어. 이번엔 내가 복수
	할 차례.
	개자식들 오기만 해. 노동자의 거름 맛을 톡톡히 보여줄 테다.
태기자	오호, 그 말씀도 전할게요. 다윗의 똥! 그럼 전 기사 마감하러 갑니다.
	건강관리 잘 하세요. 나중에 내려오시면 소주 한잔 진하게 해요. 천막집
	에서.
송기태	그러지 말자, 태 기자. 천막집은 내게 트라우마야. 방석집으로 해줘.
태기자	그럼 천막집에서 방석 깔고 앉아 마시기로 하죠. 갑니다.

장호가 태 기자를 배웅하고 막 돌아서려는데, 세 번째 방문객이 들이닥친다.

황보경, 등장부터 요란하다.

황보경	(장호에게 덥석 안긴다) 옵빠아~!
변장호	(당황스러운 눈길로 주변을 살핀다) 어, 어 보경아.
황보경	잘 있었어?

변장호	어. 미치도록 잘 있었지. 근데 네가 여긴 무슨 볼일이냐?
황보경	오빠들이 안 오니까 고객관리 차원에서 와본 거지.
변장호	고객관리? 고맙기도 하여라.
황보경	뭐가 오빠?
변장호	아니, 우리가 아직도 너희 술집 고객 리스트에 올라있단 말야?
	보경아, 오빠들 백수 된 지 벌써 6년째야.

보경이 기태 올려다보며 호들갑스레 외친다. "옵빠아~! 나 왔어. 보경이!"

송기태	야, 너네 둘이 천막에서 짝짓기나 해라. 캠핑 온 셈 치면 되잖아.
변장호	아 거 참….
송기태	뭐 임마! 마누라도 없는 놈이.
변장호	형님처럼 마누라 있음 뭐 하요? 안아보지도 못하는데.
송기태	그러니까 자식아, 너라도 하란 말야. 그 짓거리도 하면서 살아야 사람다운 거다.
변장호	에이 씨~ 저 형이 진짜. (사이) 고마워 형님아!
	(입 가리고 웃는 보경을 보며 능글맞은 미소) 보경아! 오빠랑 한 번 할까?
	(천막 가리키며) 오빠 집도 장만했어.
황보경	어머, 어머. 이 오빠들 미쳤나봐.

변장호가 두 팔 벌려 안으려고 하는 순간, 그의 휴대폰이 울린다.
누군지 확인하고 급히 텐트 안으로 사라지는 장호.

황보경	(두 손 번쩍 치켜들고 펄떡펄떡 뛰며) 옵빠! 보고 싶어.
송기태	지금 보고 있잖아?
황보경	언제 내려올 거야? 그만하고 내려오면 안돼?
송기태	뭐? 너 설마 포섭당한 거야? 우리 회사에서 시켜서 온 거냐고.

황보경	무슨 소리야, 오빠. 난 무조건 오빠 편이잖아.
송기태	편은 무슨… 알았으니까, 그만 가봐. 너 그러다 뉴스에 나오면 어떡할래?
황보경	(반색한다) 나야 좋지. 텔레비전에 내가 나오는 거잖아.
	(노래한다) 텔레비전에 내가 나왔으면 정말 좋겠네~ 정말 좋겠네.
송기태	아휴, 저 아무 생각 없이 천진난만한 인생을 누가 말리랴.

기태, 귀찮다는 듯 가라고 손짓하고 천막으로 들어가 버린다.

힘없이 발길 돌리는 보경.

4장. 톰과 제리

깊은 밤. 철탑 아래 천막 안에서 들려오는 장호의 코고는 소리.

바나나 껍질을 벗겨 한입 베어 물고 시간을 확인하는 기태,
뭔가 기다리는 눈치다.

조용히, 저속 운전으로 접근해오는 차량 두 대의 엔진음.
정금단과 재우, 닥터 프랑켄, 오춘희가 앞뒤로 서서 의자로 바퀴 구르는
마임 연출하며
무대 중앙으로 나온다.
차량 두 대가 주차되어 있는 상황. 의자 네 개와 운전대 등의
소품으로 이를 연출한다.

차량 밖으로 나오는 네 사람.
클라이밍용 칠부바지 차림에 암벽등반용 신발을 신고 있는 정 대표,
꼬리를 달고 있는 듯 엉덩이 부위가 불룩하다.

플래시 들고 나온 기태, 불빛을 몇 번 깜박거린다. 올라와도 좋다는 신호다.

프랑켄	저 50미터 철탑을 오르시겠다고? 내가 올라가서 설득해도 될 텐데 굳이….
정금단	이래뵈도 요가와 클라이밍으로 단련된 몸이에요.
	이제 암벽 등반도 자신 있다니까요. 그리고 박사님은 연세도 생각하셔야죠.
류재우	(안전모 건네주며) 대표님, 도청장치 조심하시구요.
정금단	(안전모 머리에 쓴다) 염려 마, 귀염둥이.
류재우	그것도 조심하셔야….
정금단	그것…?
류재우	(뭔가 던지는 동작 취하며) 이거요.
정금단	아, 그거?(얼굴 찡그리며 손바닥으로 코를 싸쥔다)

금단, 철탑 쪽으로 향하고 재우가 그 뒤를 따른다.
프랑켄과 춘희는 차량 좌석에 앉아 도청장치와 연결된
이어폰을 끼고 대기한다.
느린 동작으로, 마임하듯 철탑 오르는 금단.
밑에서 걱정스러운 눈길로 이를 지켜보는 재우.

프랑켄	아, 지난주에 저 친구 마누라 얘기 신문에 난 적 있었잖아?
	그 기사 지금 좀 볼 수 있나?
오춘희	네.(아이패드 꺼내 기사 띄워 박사에게 건넨다)
프랑켄	(아이패드 화면 보며) 오, 태 기자가 인터뷰했네.
오춘희	몇 년 전에 박사님 인터뷰도 했던 기자잖아요?
프랑켄	그 기사는 데스크에서 교묘하게 편집했지. 버르장머리 없는 편집국장 놈!
오춘희	박사님, 태 기자 경계하셔야 해요.
프랑켄	뭐, 그래도 태 기자 정도면 우리 연구에 우호적인 편 아니었냐?

오춘희	제 생각은 달라요. 그때도 연구윤리 문제를 집요하게 물고 늘어졌잖아요?
프랑켄	오 맞아. 꽤나 공격적인 인터뷰였지.
	과학자로서의 윤리와 책임을 문제 삼을 땐 등줄기에 식은땀이 다 흐르더라니까.
오춘희	그때도 박사님을 완전히 제2의 황우석이라도 되는 것처럼 취급했는데, 지금이라고 달라졌겠어요.
프랑켄	그래도 난, 그 당돌한 기세가 꽤 신선하던데?
오춘희	박사님은 미인만 보면 그 냉철하던 지성이 흐릿해져버린다니까요.
프랑켄	그것도 인정! 그래서 내가 널 조수로 기용한 것 아니냐.
	(춘희의 얼굴 윤곽 유심히 살피다 애무하듯 쓰다듬으며)
	넌 내 생애 최고의 작품이야.
오춘희	꼬리가 있잖아요?
프랑켄	그건 내가 쓰고자하는 신화의 주인공이고.
오춘희	성공이 바로 눈앞에 있어요. 그래서 제가 태 기자를 우려하는 거예요.
프랑켄	그 당돌한 기자년이 우리 연구의 문제점을 지적하는 기사를 써도,
	우리 앞길을 막진 못할 거다.
오춘희	어떻게 그렇게 자신하세요?
프랑켄	그깟 기사 몇 줄로 폭주하는 바이오산업혁명의 진로를 돌려놓을 수 있을까?
	오히려 우리 프로젝트를 홍보하는 불쏘시개 역할이나 하게 될걸. 두고봐.

철탑 천막이 있는 곳까지 다 오른 금단.
기다리고 있던 기태가 손을 잡아 끌어올려준다.
재우는 차량에서 대기 중인 일행과 합류한다.

천막 쪽으로 한 걸음 내딛던 금단, 똥이 든 비닐봉지 발견하고
주춤 멈춰 선다.

때마침 불어 닥친 바람에 휘청거리는 금단, 기태가 재빨리 팔로
금단의 허리를 감싼다.

긴장한 얼굴로 도청기에서 나오는 소리에 귀 기울이는 세 사람.

송기태   조심하세요. 이런 날이면 철탑도 매운 고추 먹은 투견처럼 사나워집니다.

정금단   이런 곳에서 어떻게 버텨오셨어요. 존경합니다.

송기태   우리 해고노동자 복직투쟁의 50미터 고지 등반에 성공하신 걸 축하드립니다.

프랑켄   (클클 웃는다) 저 친구 유머감각이 좋군. 내 취향이야.

송기태   농성장에 지원물품 보내주신 거 감사드립니다.

무슨 봉사단체 이름으로 보내셨더군요.

정금단   불필요한 오해를 살 수도 있겠다 싶어서요. 이해해 주세요.

(천막 안 둘러보다 페트병 발견하고) 저걸로 생리현상을 해결하나요?

송기태   소변용입니다. 비 올 때는 그냥 철탑 아래로 싸버리기도 해요.

정금단   이렇게 훤히 개방된 곳에서, 대변보기가 고역이겠네요.

송기태   (자리 권하며) 일단 좀 앉으시죠. 진짜 이렇게 와버리실 줄은 몰랐는데.

짧게 얘기 끝내고 하산하시는 게 좋을 겁니다. 멀미약은 드셨나요?

곧 멀미를 느끼게 될 거예요.

정금단   제가 주말마다 클라이밍을 하고 있어서 그거랑 비슷할 거라 생각했는데, 오산이었네요.

송기태   그러시구나. 철탑 등반을 레포츠쯤으로 생각하셨다면 큰 오산이죠.

굳이 이렇게 오지 않으셔도 되는데 말이죠. 더 이상 말씀드릴 것도 없어요.

정금단   그걸 확인하지 못했잖아요? 제 눈으로 직접 보고 싶어요.

	프랑켄 박사님도 꼭 확인하고 싶다고 하셔서 모셔왔어요. 괜찮죠?
송기태	솔직히 전 그분이 하신다는 연구에 공감하지 않습니다. 관심도 없어요.
정금단	(가볍게 눈 흘긴다) 그럼 왜 날 여기까지 오게 했어요?
송기태	그건 아니죠, 대표님.
	제가 여기서 내려간 뒤에나 보자고 분명히 말씀드렸을 텐데요?
정금단	언제쯤이나 내려올 건데요?
송기태	그걸 제가 어찌 알겠습니까?
정금단	우리도 무한정 기다릴 수 없는 입장이라…
	송기태 씨 꼬리를 발견하면서 우리 연구가 중대한 전환점을 맞아버렸어요.
	전혀 예상 못한 일이었죠.
송기태	전 아직도 이해가 안 가요. 제 꼬리를 복제한다는 것도,
	그 꼬리를 다른 사람 꼬리뼈에 이식해본다는 것도…
	허무맹랑한 공상과학 아닌가요?
정금단	공상과학의 상상력이 결국 미래를 창조해 왔어요.
송기태	나중에 꼬리 제거수술을 무료로 해준다 하셨죠? 비밀도 확실히 보장되는 거죠?
정금단	실험 끝나고, 본인이 원하신다면 해드려야죠.
	전화로 말씀드렸다시피, 그 분야에 있어서도 우리 프랑켄 박사님이 최고죠.
송기태	대체 어떤 실험을 하는 겁니까? 제가 실험용 쥐가 돼줘야 하는 거 맞죠?
정금단	뭐, 그런 셈이죠.
송기태	어제 전화 받고 밤새 생각해봤는데 말이죠, 비참했어요.
	진짜 동물취급을 당한 기분이더란 말입니다.
정금단	(입가에 어설픈 미소) 어쩜 그렇게 자학적인 생각을 하셨을까.
	그냥 편하게, 임상실험쯤으로 생각하시면 되지 않을까요? 다시 생각해보세요.

이건 송기태 씨에게 인생역전의 기회가 될 거예요.

인류의 미래에 헌신하면서 보상도 두둑이 받을 수 있는 절호의 기회 아니가요?

그러니 얼른 꼬리 좀 보여줘요. 제발. 무슨 꼬리죠?

송기태 성급하시네요.

정금단 먼저 그게 진짠지 확인해야 계약을 할 수 있어요.

송기태 전 아직, 계약하겠다고 약속한 적 없는데요?

정금단 할 수 없이 제가 먼저 보여드려야겠네요.

송기태 뭘 말입니까?

정금단 당신만 꼬리가 있는 게 아녜요.

송기태 설마 대표님도…?

정금단 (엉덩이 흔들며 바지 내리고 꼬리 끄집어낸다) 보세요.

송기태 (고개 돌리고) 아, 아니 뭐하시는 겁니까, 지금.

정금단 보시라니까.

송기태 (슬쩍 고개 돌리자, 꼬리가 눈에 띈다) 아, 아니, 저 저게…

(경악한 표정, 얼굴 바짝 들이대고 면밀히 살핀다)

정금단 (짓궂은 눈길로 고양이 포즈 취하며) 이야아옹~!

송기태 (흠칫 놀라는 기색, 주춤거리다 꼬리 쥐고 가볍게 흔들어보다가 실망스럽다는 듯) 뭡니까, 이거? 고작 실리콘덩이에 고양이 가죽만 입혀놓은 것 아닙니까?

정금단 실리콘이라뇨? 자세히 보세요. 고양이의 자가세포를 복제해서 만든 꼬리라구요.

송기태 그럴 리가… (다시 꼬리 쥐고 흔들어본다) 대단들 하십니다. 거의 진짜처럼 보여요.

정금단 그렇죠?

송기태 대표님 회사에서 개발하신 겁니까?

정금단 물론이죠. 우리 바이오 레볼루션에서 5년 만에 따낸 결실이랍니다.

여기까지 오는 데 천 억 이상을 쏟아 부었어요.

송기태 억! 천어~억!? 단단히 미쳤군, 당신들. 이딴 거에 천억을 처바르다니.

정금단 (발끈한다) 이딴 거? 이 꼬리의 어마어마한 가치를 모르시니까 하는 소리지.

상상력을 동원해봐. 이건 신화가 될 거라고.

송기태 저로선 상상조차 안 됩니다.

사람들이 그런 꼬리를 상품처럼 애용하게 될 거라고? 말이 됩니까?

정금단 말이 되게 만들어야죠. 그래서 기태 씨 꼬리가 필요한 겁니다.

실제 꼬리처럼 만들어야 하니까.

송기태 미쳤어, 미쳤어. 이해가 안 가.

난 당장 떼버리고 싶은 꼬리를 팔아먹겠다고?

정금단 그러니까 떼버리기 전에 우리한테 제공하시라니까.

송기태 당신들, 꼬리인간으로 퇴화된 인간들이 꼬리치는 세상을 원하세요?

정금단 (굳은 말투로 팔짱 끼고) 우리 입장에선 그게 진화예요, 기태 씨!

(명령하듯) 자, 이제 당신 차례야.

오춘희 오, 대표님이 드디어 제압하셨네요.

프랑켄 (감탄어린 목소리) 저 약삭빠른 여장부!

송기태 무슨 소립니까?

정금단 사람이 이만큼 얘기했음 알아들을 줄도 알아야지.

여자가 수치심 무릅쓰고 처음 보는 남자 앞에서 엉덩이까지 까보였으면 당신도 성의 정도는 보여줘야 도리 아니겠어?

그 잘난 엉덩이, 아니 꼬리 좀 보자니까.

(엉덩이 돌려 꼬리로 기태 얼굴 간질인다) 이래도? 이래도?

송기태 (당혹해하던 표정이 서서히 풀린다) 이거 의외로 느낌 좋네요.

나름 괜찮은 장난감 같아요. (사이) 그런데요, 대표님.

제 건 자신 있게 보여드릴 수 있는 물건이 아니라서 말이죠.

생긴 게 좀 많이 거시기합니다.

정금단	아, 이 아저씨 정말 말귀 안 통하네. 지금으로선 거시기가 중요한 게 아니고, 그게 진짠지 가짠지가 관건이라니까.
송기태	(결심한 듯 벌떡 일어나 꼬리주머니를 손에 쥔다) 에라, 모르겠다. 대신 놀리시면 안 됩니다.
정금단	(미소 띤 얼굴에 비치는 기대감) 어서 꺼내기나 하셔.

기태, 쭈뼛거리며 주머니에 감싸인 꼬리를 천천히 빼낸다.
비로소 실체를 드러내는 꼬리. 유연한 움직임, 허공에서 빙글 맴돌며
자태를 뽐내는 꼬리.
그러나 금단이 기대했던 것보다 형편없이 볼품없는 꼬리다.

정금단	에그머니나! 이제 보니 쥐새끼였잖아!
송기태	뭐요?

재우 통쾌하다는 듯 우하하 웃고, 닥터 프랑켄이 제지한다.

정금단	(실실 웃으며) 너무 예민하시다. 아니 그럼, 사람 엉덩이에 쥐꼬리가 달렸는데, 그걸 보고 웃지 않고 배기겠어요? 그러니까 왜 하필 쥐꼬리를 달고 있어요?
송기태	내가 선택한 게 아냐. 나도 괴롭다고. 왜 나한테, 그것도 하필이면 내가 가장 혐오하는 쥐새끼 꼬리가 돋아나느냐 말야.
정금단	(위로하듯 어깨 두드려준다) 너무 그렇게 자학하지 말아요. 솔직히 좀 징그러운데, 나름 귀엽기도 하네요. (손 뻗으며) 좀 만져볼게요. (쓰다듬고, 잡아 늘이거나 눌러보고 혀로 핥아보는 등의 동작)

쥐꼬리가 서서히 발기하듯 일어선다. 금단의 꼬리도 위로 솟는다.
금단과 기태의 입에서 동시에 묘한 신음소리 흘러나온다.

171

쾌락에 젖은 얼굴로 서로를 바라보던 두 사람, 등을 보이고 선다.
두 개의 꼬리가 기다렸다는 듯 뒤엉킨다. 꼬리의 움직임에 따라 신음소리
간간히 터진다.
마치 꼬리를 통해 정사를 벌이는 듯하다.

이윽고, 두 꼬리가 지친 듯 늘어진다.

프랑켄과 춘희는 뭐가 어떻게 돌아가는지 모르겠다는 듯
어리둥절한 표정이다.
반면 재우의 얼굴에는 맹렬한 질투의 그림자가 어른거린다.

정금단	(약간 피로한 기색, 믿기지 않는 표정) 방금 무슨 일이 일어난 거죠?
송기태	저도 얼떨떨합니다. 이것들이 지들끼리 알아서 붙어먹어버리네요.
정금단	그러니까 방금 우리 꼬리끼리 지랄 발광한 게 섹스 비슷한 거죠?
송기태	그런 것 같습니다.
정금단	우리가 한 건가요? 꼬리가 한 건가요?
송기태	글쎄요. 둘 다 아닐까요?
정금단	기태 꼬리를 덥석 쥐고) 오, 섹시해! 오르가즘을 세 번이나 느꼈어.
송기태	이러지 마세요. 속히 제거해버려야 할 흉물일 뿐입니다.
정금단	절대 안 돼! 이건 혁명이야. 바이오 레볼루션!
송기태	바이오 어쩌고는 대표님 회사 이름 아닙니까?
정금단	당신 꼬리야말로 바이오 레볼루션이라니까!
송기태	전 그냥 재수 없게 저주의 마법에 걸렸을 뿐이에요.
정금단	멍청하긴! 저주가 아니라니까! 당신은 선택받은 거야. 오히려 축복이라고 축복!
	당장 내려갑시다. 우리 회사로 가요. 당신은 여기서 이러고 있음 안 되는 사람이야. 그 꼬리야말로 인간 생체진화의 명백한 징후이자 상징이라고.

인류에게 새로운 감각과 쾌락을 선사하게 될 거야. 분명해.

송기태　아니, 틀렸어요. 내 꼬리는 하등한 인간종족으로 전락한,

우리 같은 비참한 노동자들의 상징이자 징후입니다.

정금단　무슨 소리! 당신은 혁명가야. 우리가 당신을 혁명의 상징으로 만들어 주

겠어.

송기태　무슨 그런 말도 안 되는 혁명이 있어요? 잘 보세요. 저 지금 투쟁 중입니

다.

이런 게 바로 내가 생각하는 혁명입니다. 진짜 혁명!

정금단　이봐, 송기태 씨! 그러니까 당신들이 매번 지는 거야.

그런 식의 혁명은 과거의 유산이야. 애저녁에 죽었다니까. 우리 바이오

레볼루션의 혁명이야말로 이 시대에 딱 맞는 혁명 아니겠어?

송기태　닥쳐요! 정 대표님, 아니 정금단 씨! 당신 같은 사람이야말로 혁명의 대

상이야.

정금단　(단단히 화가 난 표정) 어디서 감히 함부로 내 이름을 입에 올려. 쥐새끼

주제에….

류재우　저 새끼가 하늘에 있다 보니까 하늘이 높다는 걸 까먹어버린 모양이네

요.

아무래도 제가 올라가봐야겠어요. (차문 손잡이 잡는 동작)

프랑켄　(재우 팔 붙잡고) 진정해, 이 친구야! 아직 자네가 나설 때가 아니라고.

송기태　그만 내려가시죠, 금단 씨. (찍찍, 빈정대는 쥐 소리)

류재우　대표님이 저런 수모를 당하고 계신데, 그냥 두고 보란 말입니까?

정금단　(짐짓 위엄을 부리며) 천박하고 더러운 놈! 기태야, 잘 들어.

누난 그렇겐 못하겠다. 나도 이대로 물러날 순 없구나. 그러니 우리, 타

협할까?

프랑켄　저 소릴 듣고도 그런 소릴 하냐? 쥐새끼는 고양이의 적수가 못되지.

송기태　말투도 참 고우시네. 그래놓고 타협이라고? (비닐봉지 집어 들고) 당장

꺼지쇼!

정금단	(손바닥으로 얼굴가리고 진정시키려 애쓰며) 미안, 미안. 내가 말이 좀 심
	했죠?
	그거 내려놔요.
송기태	그 얼굴에 똥칠하기 싫거든 당장 물러가시라니까.
정금단	에이, 그러지 말고, 잠깐 내려가셔서, 그 꼬리 프랑켄 박사님께도 좀 보입
	시다.
프랑켄	(간절하게) 그래. 제발 나도 좀 보자, 이 쥐새끼 같은 놈아!

기태, 참지 못하고 금단 앞에 비닐봉지 던진다.

"어마얏!" 비명 지르며 펄쩍 뛰다가 그만 발판을 헛딛고 마는 금단.

암전과 동시에 날카롭고 절박하게 터져 나오는 고양이의 비명소리.

2막

1장. 꼬리의 가능성

변장호가 소지품들 배낭에 챙겨 메고 철탑을 오른다.
바지에 송기태의 꼬리주머니가 달려 있다. 꼬리주머니가 바람에
맥없이 나부낀다.

암전.

경찰서에 불이 켜지면, 조사실에서 송기태가 심문을 받고 있다.
그의 꼬리는 왼쪽 바짓가랑이 속에 얌전히 늘어져 있다.
그래서인지 엉덩이 왼쪽이 살짝 들려 있고, 자세는 오른쪽으로 기울어졌다.

송기태	그렇게 된 겁니다, 형사님! 저한테 진짜 꼬리가 달린 줄 알았답니다.
	그걸 확인해 보겠다고 올라오셨는데,
	꼬리가 없는 걸 보더니 화를 내며 내려가다가 발을 헛딛고 추락한 거죠.
김형사	그걸 믿으라고?
송기태	믿거나 말거나, 진짜 그게 다예요.
	(꼬리뼈에 자극을 받은 듯 얼굴 찡그리며 엉덩이 들썩거린다. 구부정한
	자세)
김형사	버젓이 코스닥에 상장된 잘나가는 벤처기업 대표씩이나 되는 분이
	그런 황당한 이유로 거길 스스로 올라갔다는 게 말이 되냐고?
	정말 철탑에서 첨 만난 거였어? 두 사람 무슨 관계야?
송기태	형사님 말대로, 그런 분을 미천한 제가 우연하게라도 만날 기회가 있었
	겠어요?
김형사	그래, 그래. 맞는 말이지. 그런데 만났잖아.
	정 대표 같은 여자가 왜 그렇게 위험한 곳에 올라갔던 걸까?
	인적 없는 밤을 틈타서 말이지. 그리워서였나? 전혀 모르던 두 사람이,
	전혀 어울리지 않는 두 남녀가, 황당하고 엉뚱한 장소에서 만나게 됐고,
	결국 사달이 나고 말았단 말이지.
송기태	잠깐만요. 이걸 무슨 치정사건 같은 걸로 보세요?
	아니 형사라는 분이 어떻게 그런 황당한 추리를 해요? 너무 허술한 거
	아닙니까?
김형사	그렇지? 내가 봐도 그건 좀 그렇다. 그러니까 좀 그럴 듯한 이유를 대봐.
	정 대표가 있지도 않은 당신 꼬리 따위를 잡으러 거길 올라갔다고?
송기태	몇 번이나 말씀드려요? 그게 진실입니다. 같이 온 비서하고,
	닥터 프랑켄인가 뭔가 하는 그 미친놈한테 물어보면 바로 나올 거 아닙
	니까?
김형사	모른다던데? 자기들은 그저 대표가 같이 가자고 해서 영문 모르고 따라

간 거래.

송기태   나쁜 새끼들. 애먼 사람 잡아놓고 그딴 식으로 말해. 그 개소릴 믿으세요?

제 말은 왜 안 믿는 건데요?

김형사   근데 이 새끼가… 지금 나랑 장난하자는 거야! 계속 신사적으로 대해주니까, 지금 이 상황이 무슨 노사협상 하는 걸로 보이냐? 똑바로 앉지 못해!

송기태   (허리 곧게 펴다가 움찔한다. 고통스러운 표정) 단순한 사고였을 뿐입니다.

김형사   이거 어떡하지? 올해로 6년째 강력반에서 굴러먹은 내 본능은 자꾸 살인사건의 비밀을 캐내라고 하는데.

송기태   살인? 죽었어요? 앰뷸런스 올 때만 해도 분명 살아 있었는데….

김형사   살아있음 뭐하나? 산소호흡기 달고 숨만 쉬고 있는데. 니가 죽인 거나 다름없어.

송기태   (절망적인 표정으로 고개 떨군다)

김형사   이제 좀 상황이 보이냐? 넌 임마, 더 이상 참고인이 아니라 용의자야.

몇 시간 뒤면 구속영장 나올 거고.

하얗게 질린 기태의 얼굴 주시하며) 그러니까 다 털어놔.

송기태   전혀 모르던 사람이고, 아무런 이해관계도 없는 사람을 내가 왜 죽여요?

김형사   없던 이해관계가 생겼으니까 만난 거잖아?

그리고 이해관계 같은 거 없어도 살인사건 잘만 터지더라.

인간이기를 포기해버린 미친놈들이 점점 늘고 있어.

그런 놈들 상대하다보니 내가 다 돌아버릴 지경이야.

송기태   저도 돌겠네요.(엉덩이 들썩거린다. 어느새 구부정해진 자세)

김형사   왜 그렇게 엉덩이를 자주 들썩거리나? 어디 안 좋아?

송기태   (당장 심문에서 벗어날 묘안이 떠오른다)300일을 50미터 철탑에 있다가 오늘 처음 땅에 내려온 겁니다. 머리도 어지럽고, 온몸에 기력이 없어요.

지금 간신히 버티고 있는 거라구요.

아직 걸음도 제대로 못 걷는 사람을 이렇게 잡아둬도 되는 겁니까?

김형사　(당황한 표정 애써 감추고) 얼씨구! 무슨 개수작이야?

송기태　병원진료부터 받게 해주세요. 이건 고문이나 다름없어요. 심각한 인권
　　　　침해입니다.

김형사　이게 어디서 인권 타령이야. 살인용의자 주제에.

송기태　진술은 병원 회복실에서도 할 수 있는 거 아닙니까?

김형사　지금도 진술을 못할 정도로 심각한 상태는 아니잖아?
　　　　얼른 그거 하나만 말해. 소원대로 해줄 테니까.
　　　　왜 만났어? 무슨 얘길 했지? 무슨 일이 있었던 거야, 거기서?

송기태　형사님, 힘듭니다. (정말 힘들어하는 기색) 더 이상 버티지 못하겠어요.
　　　　병원으로 보내주시든지, 아니면 다시 철탑으로 올라가게 해줘요.

김형사　이런 미친놈! 철탑에서 조사받겠다고? 나더러 거기로 올라오란 말이지?
　　　　정 대표도 그런 식으로 유인했냐?

　　　　　　　　　　　　　　　　기태, 정신을 잃고 의자 밑바닥으로 무너져 내린다.
　　　　　　　　　　　　　　　　놀란 김 형사, 급히 기태의 상태를 살핀다.

김형사　야 임마, 정신 차려! (고개 내저으며) 꼬인다, 꼬여.
　　　　(조사실 문 벌컥 열고) 야, 구급차 불러야겠다.
　　　　(돌아서다 송기태의 바지 위로 불쑥 삐져나온 꼬리 발견하고 경악한다)
　　　　어이쿠, 씨발! 이… 이런 쥐새끼 같은 놈….

　　　　　　　　　　　　　　　　　　경찰서 어두워지고,
　　　　　　　　　　　　무대 중앙에 조명 비추면, 기태의 집 거실이 훤히 드러난다.

　　　　　　　　　　　　미라와 닥터 프랑켄이 거실에서 얘기를 나누고 있다.
　　　　　　　　　　미라는 프랑켄을 경계하는 눈치고, 프랑켄 박사는 미라를 설득하려

프랑켄   남편 분 좀 설득해 주세요. 제 면담 요청을 계속 거부하고 있어요.

그분은 선택의 여지가 없어요.

이미라   무슨 말이죠?

프랑켄   (초소형 녹음기 꺼내 정금단이 추락하기 직전 상황이 녹음된 파일 재생한다)

자세히 들어보면 송기태 씨가 대표님을 떠밀었다고 볼 수도 있는 정황이에요.

이미라   (분노하며 녹음기를 던져버린다) 나쁜 사람들. 어떻게 이런 짓을 할 수 있어?

프랑켄   어쩌시겠습니까? 상황이 안 좋아요. 자칫 살인자로 몰릴 수 있어요.

이미라   당장 나가, 미친 노인네. 나더러 뭘 설득하란 말야?

프랑켄   우리 제안을 받아들이시면 됩니다. 그럼 다 해결돼요.

모든 혐의를 벗고 집으로 돌아갈 수 있게 도와드릴 수 있어요.

이미라   그 제안이라는 게 뭔데?

프랑켄   우리 프로젝트에 참여해 달란 겁니다. 계약금으로 1억 정도는 드릴 수 있어요.

이미라   억! 어억!? (벌어진 입 다물지 못한다)

프랑켄   나쁘지 않은 제안 아닙니까? 의미 있는 연구에 참여하면서,

억 소리 나게 돈도 벌 수 있고.

이미라   (황당한 얼굴로 중얼거린다) 미쳤구나, 미쳤어. 대체 세상이 어찌 돌아가는 거지?

미라, 떨리는 손으로 허둥지둥 휴대폰 집어 든다. 기태에게 전화를 건다.

신호 떨어지고 안내 메시지 흘러나온다.

"지금 고객님의 휴대폰이 꺼져 있습니다. 잠시 후 다시 걸어주십시오."

이미라 (서두르는 기색) 직접 가봐야겠네요.

프랑켄 부인만 믿겠습니다. 언론사 기자들이 접근하기 전에 우릴 먼저 만나야 해요.

서둘러요. 급합니다, 급해요.

> 두 사람 급히 무대 밖으로 나간다.

2장. 꼬리가 그랬다

> 병원 회복실. 경찰 한 명이 출입문 옆에 서서 방문객을 통제하고 있는 가운데
> 태 기자가 인터뷰를 진행 중이다.

송기태 나 약속 지켰다. 단독특종 보장한다고 했잖아.

태기자 상황이 전혀 예상 밖으로 급변해서, 이걸 어떻게 풀어내야 할지 혼란스 럽네요.

송기태 마찬가지야. 뭘, 어디서부터 말해야 할지 모르겠어.

태기자 꼬리는 어떻게 시작된 거예요?

송기태 그건 장호한테 들어서 알 거 아냐?

태기자 정말 다른 원인은 찾을 수 없었어요?

송기태 그렇다니까. 손해배상가압류의 압박이 숨통을 죄어오던 때였어.

그거 정말 악랄하고 악마적인 수단이야.

그 압박을 견디지 못하고 5개월 만에 동지들 셋이 차례로 세상을 등졌 어.

몸에 괴상한 징후가 나타난 건 그 무렵이었어.

굳이 원인을 짚어보자면 그게 아닐까 싶어.

태기자	그 징후에 대해 좀 자세히 들려줄 수 있어요?
송기태	그날 아침, 회사 정문 앞에 진을 친 농성장에 도착했을 때 딱 신호가 왔어.
태기자	신호요?
송기태	급히 화장실로 뛰어갔지. 변비로 고생하다 3일 만에 보는 대변이었어.
태기자	똥마려운 게 신호였어요?
송기태	끙끙거리며 일을 보고 밑을 닦는데 뭔가 만져지더라고.
	왠지 모르게 엉덩이가 무거워진 느낌도 들고,
	이상하게 꼬리뼈 부위가 못 견디게 가려운 거야.
	(동작 취하며) 손을 등 뒤로 돌려 득득 긁는데 거기에 엄지손톱만 한
	뾰루지 같은 게 돋아 있었어. 거기서 꼬리가 나올 거라곤 추호도 예상 못 했어.
	며칠 지나면 자연적으로 없어지겠지 했는데, 젠장 그게 아닌 거야.
	하루가 다르게 자라나며 제법 꼬리 모양을 띠기 시작하는 거였어.
	믿어져 내 얘기가?
태기자	글쎄요. 격세유전이란 게 있으니까
	꼬리 달린 인간이 나올 가능성을 완전히 배제할 순 없겠죠.
송기태	격세유전?
태기자	진화론적으로, 퇴화된 특징이 현재에 다시 나타나는 걸 격세유전이라고 해요.
	극히 드문 일이지만, 실제로 꼬리뼈가 돌출하기도 한다던데요.
	그걸 흔적기관 꼬리라고 해요.
송기태	근데 씨발, 왜 하필이면 인간들이 가장 품위 없는 동물로 치는
	쥐새끼의 꼬리냔 말이지.
	원숭이의 꼬리라면, 뭐 같은 영장류니까 웬만큼 수긍할 수 있었을 거야.
	또 호랑이나 사자꼬리라면 폼이라도 날 거 아냐. 안 그래?
태기자	이해해요. 저라도 쥐꼬리라면 정말 싫을 것 같아.

송기태   너무 혐오스러워서 가위로 싹둑 잘라버리려다가 포기한 적도 여러 번
       이었어.
       네이버 지식인들에게 그 꼬리를 뽑거나 자르면 어찌 되는지 물어보기
       도 했고.
       (관객석에 앉아 있는 배우에게) 쥐의 척추에서 꼬리를 뼈째 뽑으면 어떻
       게 되죠?

                         중학생 정도로 보이는 소년, 엉거주춤 일어나 쥐처럼
                                    생긴 마우스 움직이며 말한다.

네이버지식인1   당연히 죽습니다. 척추 안에는 척수가 들어 있는데요,
          이 척수는 내장으로 가는 신경의 통로이기도 합니다.
          이걸 뽑아버리면 내장과 뇌의 연결통로가 차단되기 때문에 즉사할 수
          밖에 없어요.
송기태   답변 감사합니다. 도움이 많이 됐어요. 한 가지 더 물을게요.
          그 꼬리를 자르면 어떻게 될까요?

                         지식인1, 마우스로 검색하는 동작 빨라진다. 자료를 찾지 못하자
                         관객석에 있는 다른 지식인에게 기태의 질문을 토스한다.

네이버지식인1   쥐꼬리를 자르면 다시 자랄 수 있을까요?

                         지식인2, 손을 들고 쭈뼛거리며 일어난다. 소심한 성격의 주부 타입.
                                    모니터 보며 타자치는 동작 취한다.

네이버지식인2   제가 잘라봐서 아는데요. 자를 때 꼬리에 분포된 신경이 손상됐는지
          재생되지 않았어요. 신경이 살아 있다면 재생이 가능하겠지만,

완전한 형태로 회복되진 못해요. 실제로 잘라봐서 알아요.

도움이 되셨기를 바랍니다.(자리에 앉는다)

네이버지식인1 그렇군요.

지식인1, 마우스로 지식인2의 답변 내용을 복사해 붙여넣기 하고 수정하는
동작 취한다.

네이버지식인1 제가 잘라보진 못했지만, 잘라본 사람 말에 의하면, 자를 때 신경이 손상
된 탓에 꼬리가 재생되지 않았대요.

신경이 살아 있다면 재생이 가능하겠지만, 완전한 형태로 회복은 불가
능하단 말이죠. 도움이 되셨기를….(앉는다)

송기태 (관객석 둘러보며) 세상은 지식인들로 넘쳐나는데, 어째 세상이 이 모양
이냐?

태기자 계속해 봐요. 꼬리 어떻게 됐어요?

송기태 세 달쯤 됐을까, 꼬리는 어느새 30센티에 가까운 길이로 성장했어.

한 달에 10센티씩 무서운 속도로, 죽순처럼 쑥쑥 자랐지.

태기자 정말 희귀하고도 희귀한 사례네요.

송기태 나는 엉덩이에 마법의 저주가 걸렸다는 걸 깨끗이 인정해야만 했어.

어떻게든 마법의 굴레를 벗어날 방법을 찾아야 했지.

문제는 이걸 사마귀나 혹처럼 간단하게 제거할 수 없다는 데 있었어.

뿌리째 뽑아버릴 수도 없고, 성형외과 의사 찾아가 이거 좀 제거해 주세
요,

부탁하는 것도 끔찍하고. 너무 고통스럽더라.

태기자 구체적으로, 어떤 점이 힘들던가요?

송기태 빌어먹을! 걸을 때마다 그놈의 꼬리가 여간 거치적거리는 게 아니었어.

좀 멀다 싶은 거리를 걸어야 할 때 인적 없는 골목에 들어서면,

아예 직립보행을 포기하고 네발짐승처럼 걷고 싶은 충동에 사로잡히기

도 했어.

네 발로 걸으면 훨씬 편하지만, 그럴 수야 없는 거잖아.

태기자　정말 용케 견뎌내셨네요.

송기태　아무한테도 들키지 않고 그렇게 버텨나가다 보면 뭔가 방법이 생길 거라고

날마다 마법의 주문을 외웠어. 하지만 그게 언제까지 가능하겠어?

태기자　들켰어요? 누구한테?

　　　　　　　　　　　　황보경 "기태 옵빠!" 하고 외치며 등장한다.

　　　　　　　　　　　기태가 있는 병실에 들어가려다 경찰에 제지당하자,

　　　　　　　　　　　　계속 소동을 부리다 쫓겨나는 보경.

송기태　(혼잣말하듯) 보경이 쟤가 여길 어떻게 알고 왔지?

태기자　저 여자, 농성장에서 본 적 있는데… 대체 어떤 관계에요?

송기태　해고되기 전에 장호랑 가끔 들르던 술집이 있는데, 그 집 종업원. 괜찮은
애야.

사실 장호랑 맺어주려고 했는데, 어쩌다 나랑 황당하게 엮여버렸어.

태기자　바람을 피웠다고? 의외네.

송기태　그 무렵부터 꼬리가 이상한 방향으로 검은 속셈을 드러내기 시작했거
든.

길을 가다가 매력적인 여자를 보기만 하면 이놈의 꼬리가 단단해지면
서

뜨겁게 달아오르는 거야. 성기처럼 발기해버린다니까.

태기자　꼬리가 스스로? 기막힌 농담 같네요.

송기태　그러다 결국 일이 터지고 말았지.

일주일 만에 집에 잠깐 들르려고 농성장에서 나왔다가 길에서 보경이
를 만났어.

	보자마자 꼬리가 빳빳해지면서 마구 요동치는 거야.
	아휴 진짜 아무 생각도 안 나더라. 내 정신이 아니었지.
태기자	그래서요?
송기태	그렇다고 충동대로 행동할 순 없잖아. 보경이 손을 잡고, 애원했어. 도와 달라고.
	미치겠다고. 내가 정말 미칠 것처럼 절박해보였던지 보경이가 물었어.
황보경(목소리)	왜 그래, 오빠? 내가 뭘 어떻게 도와주면 되는데?
송기태	보경이가 지하에 있는 술집 창고로 데려갔어.
	창고에 들어가자마자 다짜고짜 일을 벌이고 말았지.
	허겁지겁 바지 내리고 막 그 짓을 벌이려는데 이 요물이 기다랗게 발기하는 거야. 하필 그때 망할 쥐들이 나타나 찍찍, 울어댔어. 이상하게 분노가 뻗치더라.
	순간 몸을 홱 돌렸다 싶었는데… 제대로 걸리고 말았어.
	꼬리가 거기에 박혀버린 거야.
태기자	어디에?
송기태	보경이 거기에 정확히 꽂혔어.
태기자	(황당한 표정) 거기라면… 그, 그래서요?
송기태	전혀 의외의 일이 벌어졌어. 보경이가 가느다란 신음을 흘리며 고개를 갸웃거렸어. 그러더니 꼬리를 자기 안으로 더 깊숙이 당겨 넣는 거야. 이게 미쳤나 싶었지.

보경의 신음소리, 기태의 대사내용에 맞춰 리드미컬하게 흐른다.

송기태	난 그 상황에 어떻게 대처하면 좋을지 알 수 없었어.
	하지만 꼬리는 분명히 알고 있는 것 같았어.
	놈은 꼬물꼬물 움직이면서도 더 깊숙이 박혀들고 싶어 안달하고 있었어.

난 꼬리의 그런 욕망을 거부할 수 없었고.

그것은 곧 나의 욕망이자 보경이의 욕망이기도 했어.

어째 일이 엉뚱하게 풀려나간다 싶더라. 헤실헤실 웃음이 나오는 거야.

'널 위해 준비했어, 보경아!' 그렇게 말했을 거야.

이젠 갈 데까지 가버리는 수밖에 없었어.

꼬리를 활용한 기괴한 섹스가 질펀하게 펼쳐졌지. 나는 꼬리가 지르는
신음, 아우성, 절정에 이르렀을 때의 괴성까지 생생하게 느낄 수 있었어.
상상이 가?

> 태 기자, 충격을 받은 듯 얼얼한 표정으로 혀를 내두른다.
> 이때 보경이 계속 신음소리 흘리며 무대에 불쑥 등장한다.

황보경   (당시의 일을 재현하듯)아하하, 오빠아~! 이런 걸 어디서 났을까.
이 뻔뻔스럽고 짐승스러운 걸… 아, 오빠 나 어떡하지? 이 꼬리와 사랑
에 빠진 것 같아. 나 이거 갖고 싶어.
나한테 줄 거지? 어? 어? 옵빠, 옵빠, 옵빠~!!! 이제 이거 내 꺼 맞지?

> 굼틀, 굼틀 움직이며 무대를 가로지르는 꼬리 하나.
> 보경 바로 옆에서 유혹하듯 끝부분을 흔들어댄다. 보경이 다가간다.
> 꼬리가 몇 걸음 앞으로 달아난다. 보경이 다시 좇아간다.
> 다시 달아나는 꼬리. 그 꼬리를 좇아 무대 밖으로 사라지는 보경.

송기태   보경이가 꼬리를 잡고 놓아주지 않으려 했어. 우리는 이제 혼연일체가
되어, 꼬리와 성기를 동시에 활용한 섹스를 몇 번 더 시도해봤지. 놀라웠
어.
죽여줬다니까. 그래도 요놈이 한 군데 쓸모는 있구나.
미친 듯이 웃어대면서 몇 번이나 그 짓을 했어.
그렇게 난 앞뒤로 두 개의 성기를 가진 인간으로 재탄생하게 된 거야.

태기자	그게 사실이라면, 사실이라면….
송기태	충격이지? 이것도 내가 철탑으로 올라간 이유 중 하나야.
태기자	잠깐만요. 그 부분은 좀 알기 쉽게 풀어서 얘기해 주세요.
송기태	첫 번째 이유는 무서웠다는 거야. 꼬리가 또 무슨 짓을 저지를지 몰랐으니까.
	보경이가 자꾸 농성장에 찾아오는 바람에 곤란해지기도 했고.
	두 번째는 꼬리를 투쟁의 도구로 활용해보자는 거였어.
	이 꼬리가 놈들에게 대항할 최적의 무기가 돼줄 수 있을 것 같았고, 이상한 사명감이 들기도 했거든.
	아, 그래서 내게 꼬리가 나버린 건가? 뭐 그런 기분?
태기자	꼬리가 해고노동자들의 처지를 대변해주고 있는 것 같았어요? 그렇게 들리는데….
송기태	통증 참아가며 농성장에 앉아 있다 보면 그런 기분이 들었어. 억울하고 참혹했지. 농장에서 폐기처분 당한 가축 같은 심정이랄까.
	그 무렵 우리 동지 두 사람이 광장에서 단식농성도 하고 있었잖아?
	그때 애국보수를 자처하는 철부지들이 찾아와 짜장면, 피자 시켜먹으며 우릴 조롱했지. 벌레가 된 기분이더군. 문득 이런 생각도 들더라고.
	이 나라는 진보와 보수로 갈라져 있는 게 아니라, 인간과 짐승으로 나뉘어 있는 것 같다고. (울분 삭이려는 듯 입을 꾹 다문다)
	그런데 왜 내게 짐승의 꼬리가 나버린 걸까?
	이런 건 짐승 같은 놈들에게나 생길 일이지 왜 하필 나한테… 그러니 내가 어찌 현애엄마랑 꼬리섹스를 즐길 수 있었겠냐? (울먹인다)
	이 끔찍하게 저주스러운 꼬리로… 그럴 순 없지. 안 그래? 어? 태 기자?
태기자	(송기태의 어깨 다독이며) 너무 자책하지 말아요.
	생각해보니 사명감이 생길 만도 하네.
	이 꼬리는 생존투쟁 과정에서 돌연변이처럼 튀어나온 거잖아요.
	돌연변이는 유전형질의 급격한 변화를 가져오는, 진화의 원료 같은 거

예요.

이건 어떤 의미에서, 퇴화의 방향으로 진화해버린

우리 시대의 한 상징이 될 수도 있다고 봐요.

송기태 시대의 상징? 그렇지? 나 짐승 아니지? 진화한 거 맞지, 태 기자?

철탑에 조명 비추면, 장호가 바지에 손을 넣어 꼬리뼈 부위를 쓰다듬고 있다.

그의 표정에 언뜻 스치는 충격과 경악의 그림자.

태기자 하던 얘기나 마저 해봐요. 정금단 대표와는 어떻게 된 거예요?

송기태 아, 정 대표 그 여자… 어떻게 됐어? 죽었어?

간호사와 재우가 환자용 침대를 밀고 나온다.

얼굴에 산소마스크, 팔뚝에 수액주사기를 꽂은 채 병상에 누워있는 정 대표.

간호사 퇴장하고, 보조의자에 앉았다 섰다 반복하며 안절부절못하는 재우.

태기자 의식불명이긴 하지만, 아직 숨은 붙어있죠.

송기태 기적이군. 그런 데서 추락하고도 살아있다니.

태기자 불행인지 다행인지, 꼬리가 저승입구를 차단해준 것 같아요.

송기태 꼬리?

태기자 추락하면서 꼬리가 철탑을 휘감아준 덕에 충격이 완화된 거죠.

재우, 품에서 꼬리 꺼내 정 대표 손에 쥐어준다.

류재우 대표님을 구한 꼬리입니다. 그만 일어나세요, 대표님.

꼬리치는 세상을 만들어 가셔야죠. 꼭 살아 돌아오셔야 해요.

아시잖아요. 대표님 없으면 전 아무것도 아닌 놈이라는 거. 대표니~

임…(울먹인다)

송기태	그랬군.(혼잣말하듯) 꼬리의 본능이었을까?
태기자	그 꼬리 닥터 프랑켄이 개발한 것 맞죠?
송기태	그 작자, 태 기자도 아는 놈이야?
태기자	닥터 프랑켄! 역시 배후에 그 괴물이 자리하고 있었네요.
	어땠어요, 프랑켄이 개발했다는 그 꼬리?
송기태	꽤 잘 만들었던데? 내심 감탄했어.
태기자	그래서, 결심이 섰어요? 그들 연구에 협조하기로?
송기태	아마도… 그래야 할 것 같아. 이제 꼬리인간이라는 게 만천하에 드러나
	버렸잖아. 내가 숨을 데가 어디 있겠어?
태기자	결국 그렇게 되고 마네요. 얼마 받기로 했어요?
송기태	그거야 내일 얘기해봐야지.
태기자	이왕 그리 된 거, 100억쯤 요구해요.
송기태	(기분 상한 눈치) 장난하지 마.
태기자	장난 아닌데. 아직 확인 안 된 사실이지만,
	그 정도 꼬리라면 100억 선에서 딜 해도 그리 무리한 요구는 아닐걸요.
송기태	뭐어~! 정말 농담하는 거 아니지?
태기자	꼬리의 비밀 밝혀지면, 수천억쯤 우습게 투자받을 수 있을 텐데요 뭐.
	벌써 바이오 주가가 열 배로 뛴 거 아세요?
	정 대표도 본능적으로 그걸 감지했겠죠. 자본을 굴리는 자들의 속성이
	그래요.
	미친 짓에 홀려서 같이 미쳐 굴러가거든요.
	그들과 맞서려면 국장님도 미치셔야 할걸요? 그들처럼 할 수 있겠어요?
송기태	대체 무슨 소릴 하는 거야?
태기자	그러게요. 나도 미쳐가는 건가….

송기태	그러지 마. 괜히 겁나잖아.

> 보조의자에 앉아 꾸벅꾸벅 졸기 시작하는 재우.

태기자	자, 그럼 제게도 보여주셔야죠?
송기태	(뚱한 눈길로 쳐다보며) 뭘?
태기자	꼬리요. 저 팩트 확인 안 되면 기사 쓰지 않는 거 잘 아시면서.
송기태	(할 수 없다는 듯 침대에 엎드려 누워 주섬주섬 바지를 내린다) 놀리지만 말아줘.

> 다시 한 번 실체를 드러내는 쥐꼬리. 서서히 발기하듯 치솟는다.

> 순간 꿈틀 움직이는 정 대표의 손, 무언가 움키려는 듯 허공에서
> 손가락을 움직인다.

> 경악과 경탄이 뒤섞인 태 기자의 표정. 문득 정신 차리고 스마트폰으로
> 꼬리를 촬영한다.

> 어느새 경찰도 몰래 들어와 휴대폰으로 동영상을 찍고 있다.
> 밖에서 인기척이 들리자, 촬영 중단하고 조용히 밖으로 나가는 경찰.

태기자	(꼬리를 덥석 잡아 흔들고 당겨본다) 아파요? 아파?(뿌리 쪽을 면밀히 살피더니) 이건 정말… 어쩌다가 이런 게… 믿지 않을 수가 없네요.
송기태	그만하자. 이놈 또 신호가 왔나 봐.
태기자	아하, 얘 나 때문에 발기한 거 맞죠?(찰싹 때리며) 이 요물!
송기태	그만해. 이제 됐잖아?
태기자	아하, 아하하! 이거 은근히 탐나는 꼬리네요.
송기태	정신 차려, 태 기자!

태기자	(흥분 가라앉히고 나서) 제가 어제 철탑에 갔을 때 이렇게 말했었죠?
	신화가 되려고 하지 마시라고. 이젠 그 반대로 말해야겠네요.
	이렇게 돼버린 이상, 신화가 될 수밖에 없겠어요.
송기태	무슨 소리야?
태기자	제대로 꼬리 한 번 쳐보시라구요.
송기태	글쎄 그게 무슨 개소리냐니까?
태기자	그러게요. 지금 내가 무슨 개소릴 지껄이는지 모르겠네요.
송기태	태 기자… (곰곰 생각하는 표정) 내가… 우리가 이 끔찍한 걸 받아들여야
	할까?
태기자	당연히 거부해야겠죠. 하지만…
송기태	하지만…?
태기자	이 돌연변이 꼬리가 곧 다가올 우리의 미래를 암시하는 거라면…
	그렇다면… 끔찍해요. (관객들을 향해) 우린 지금, 어디로 가고 있는 걸까
	요?
송기태	글쎄… 가봐야 알겠지? 그게 어디든, 가봐야 하는 거겠지?
태기자	모르겠어요.
송기태	도와줘, 태 기자. 곧 프랑켄 일당이 들이닥칠 거야.
	이 간사한 족속과 상대할 무기가 필요해.

서서히 암전.

3장. 빅딜과 스몰딜

병원 회복실.
입구를 지키고 있는 경찰, 안에 닥터 프랑켄과 춘희가 와있다.

송기태	당신들 때문에 살인미수에 걸렸어. 살인죄가 적용될 수도 있다고. 어쩔

거야?

프랑켄   안심하세요. 송기태 씨는 무혐의로 풀려날 겁니다.

송기태   확실해? 장담할 수 있어?

프랑켄   나와 류 비서가 당신은 엮이지 않도록 현명하게 대처하고 있어요.

（녹음기 보이며）우리가 이 녹음파일을 제공하지 않는다면

일주일 안에 깨끗이 해결될 거요.

송기태   그런가요? 내가 고마워해야 하는 건가요?

프랑켄   그러니 어서 보여줘요. 이제 결심할 때도 됐잖은가?

송기태   （엎드려 누워 꼬리 보여준다）고마워서 미칠 것 같으니까, 까짓것 보여

드리지 뭐.

프랑켄   （진짜 꼬리라는 걸 금방 알아차리고）오, 놀랍군. 정말 놀라워.

이렇게 아름답고 완벽한 꼬리는, 이런 꼬리를 가진 인간은 본 적이 없어.

송기태   박사님! 이 꼬리는 생명의 꼬리인가요, 죽음의 꼬리인가요, 절망의 꼬리

인가요,

아니면 저주의 꼬리인가요?

프랑켄   다 틀렸어요. 욕망이지. 그리고 쾌락이야.

욕망과 쾌락이야말로 그 모든 것보다 질기고 힘이 센 것들 아닌가.

그 모든 것의 근원이기도 하고. 그래서 거부할 수 없는 거고.

송기태   제 생각은 좀 다른데요. 박사님이 틀린 것 같네요.

프랑켄   무슨 말인가?

송기태   이 꼬리는 바로, 돈을 유혹하는 꼬리 아니겠습니까?

프랑켄   （예상했다는 듯）이제 좀 말이 통하는군. 좋아. 얼마를 원하시나?

송기태   집사람한테 1억을 제시했다고 들었습니다.

그깟 푼돈으로 아내의 혼을 빼놓았더군요. 이러지 맙시다.

당신들, 가진 것 없지만 그저 묵묵히 성실하게 살아온 우릴 농락했어.

톡톡히 대가를 치러야 할 거야, 당신들.

프랑켄   （공손해진다）아, 미안해요. 먼저 기태 씨를 뵙고 협의를 드려야 했는데,

계속 내 요청을 거부하고 만나주지 않으시니까.

송기태 태 기자한테 듣자니, 시중의 돈들이 바이오 레볼루션으로 몰리고 있다던데.

프랑켄 (당황한다) 아 그건….

송기태 씨바, 투자한답시고 그런 데 돈 꼬나박는 새끼들 심리상태가 궁금해.
암튼 이거, 당신들이 증권가 찌라시에 흘린 정보 때문 아닌가?
(베개 밑에서 증권가 정보지 꺼낸다)

프랑켄 아니, 그런 건 또 어디서…?

송기태 (정보지 펼쳐들고 읽는다) '꼬리를 성기처럼 활용해 생식기 하나만 있을 때보다 두세 배 강력하고 저릿저릿하며, 매혹적인 상상력까지 자극하는 섹스를 즐겨온 꼬리인간, 송기태 씨! 바이오 레벌루션에서 생체꼬리 개발 프로젝트를 주도해온 프랑켄 박사는 송기태 씨가 연구개발에 협조하기로 전격 결정했다고 밝혔다.
송기태 씨를 기니피그로 영입하면서… (갑자기 정보지 구겨 던지며 버럭 외친다)
기니피그? 내가 기니피그라고?

오춘희 그게 어떻게 된 거냐면….

송기태 아무리 봐도 이거 당신들 작품 같은데,
왜 기니피그인 나는 전격적으로 그런 엄청난 결정을 내린 기억이 없는 거지?
따라서 이 엉터리 시나리오는 폐기되어야 마땅해! 인정하시죠?

오춘희 철탑사건 때문이에요.
대표님께 불만을 품고 있던 이사들이 연구팀 해체를 압박해왔어요.
긴급 이사회에서 임시대표로 선출된 분한테 그렇게 말씀드릴 수밖에 없었어요.
송기태 씨가 꼬리실험에 참여하기로 했다고.

기니피그 얘기도 이사들 입에서 흘러나갔을 거예요. 박사님 실수가 아니란 말예요.

프랑켄 이봐요, 송기태 씨. 시나리오… 폐기는 좀 그렇고,

만족스럽지 못한 게 있다면, 같이 수정해가면 될 거 아니오. 원하는 게 뭐요?

송기태 태 기자는 100억 이상 받아내라고 하던데.

그런 스토리로 다시 써온다면 생각해보지.

프랑켄 와우, 100억짜리 시나리오라… 태 기자님의 기자다운 직관을 신뢰하는 편이지만,

이 경우는 심각한 예산착오를 하신 것 같은데. 개연성이 없잖아, 개연성이.

송기태 이런 씨팔!사람을 기니피그로 만들어놓고 개연성을 따지시겠다고?

오춘희 우리가 그런 게 아니라니까요.

프랑켄 당신 꼬리는 아직 그만한 투자가치가 있다고 판단할 수 없는 단계예요.

가능성만 열려 있다고 봐야죠.

100억? 아니, 그보다 배 이상의 가치가 있을 수도 있겠죠.

그런 확신이 선다면 당연히 보상해 드려야죠.

송기태 뭐 좋습니다. 일리 있는 말씀이네요. 그렇다면 더 이상 시간 낭비하지 맙시다.

어째 철탑에 있을 때보다 당신들 상대하는 게 더 힘드네요.

프랑켄 (웃으며) 편해집시다.

오춘희 (억지미소) 곧 그렇게 될 거예요.

송기태 계약금 50억 선지급하는 조건이면 기꺼이 당신들의 기니피그가 돼드리겠소.

일주일 안에 44억을 우리 노조지부 계좌에 쏴주시고, 나머지는 내 아내 통장으로.

오춘희 44억… 낯익은 금액이네요?

송기태	천마 놈들이 우리 동지들 알량한 재산 가압류해서 죽음으로 몰아간 금액 44억.
	이걸로 동지들 목숨 줄 틀어쥐고 있는 가압류만은 풀어주고 싶어.
	(울컥한다) 이 새끼들아, 스물다섯이 죽었어, 스물다섯!
	이 꼬리를 생명의 꼬리로 써먹어보겠다는데 그걸 과하다고 하시면 안 되지.
프랑켄	와우! 역시 노조 출신이시라 협상력도 대단하시네.
송기태	난 그저 꼬리의 명령에 따를 뿐이오. 어쩌시겠습니까?
	30분 뒤 다른 외국계 기업과도 미팅 잡혀있다는 사실, 명심하셔야 할 거요.
프랑켄	(갑자기 다급한 기색) 예상은 했지만 벌써…
	암튼 전화 한 통화 하고 올 테니, 잠시 기다리세요.
송기태	서둘러요, 서둘러!

프랑켄, 병실 밖으로 나가며 누군가와 통화를 시도한다.
춘희는 기태의 태도에 감동이라도 받은 듯 경이로운 눈으로
기태를 바라본다.

경찰도 휴대폰 꺼내 무대 구석으로 가서 통화버튼 누른다.

경찰	방송국이죠? 제가 끝내주는 영상을 제보할까 하는데… 익명으로 해도 되죠?
	장담하는데 이거 놓치시면 크게 후회하실 겁니다. (사이) 꼬리. 예, 송기태 꼬리.
	이건 정말… 확실합니다. 진짜 꼬리인간 맞아요. 대박이라니까요.
	아, 그냥은 좀 그렇고… S본부는 한 장 부르던데…
	K본부는 얼마나 주실 수 있으려나…

무대 밝아지면, 병원 회복실에서 이미라가 기태에게 미음을 떠먹이고 있다.

이미라   집엔 언제 들어오는 거야? 경찰조사 끝났다며?

송기태   글쎄, 여기서 나가면 바로 연구실로 가야 할 것 같아.

이미라   얼마에 넘겼어? (얼굴에 비치는 기대 또는 욕망)

송기태   실험실에서 이런저런 검사를 거쳐봐야 정확한 보상액수를 정할 수 있대.

이미라   44억은 무슨 얘기야? 왜 우리한테는 고작 6억이야?
          꼬리 때문에 고생한 건 당신이잖아?

송기태   아, 그건 말야. 함께 싸워온 동지들 몫으로 생각하자.
          알고 보니 이건 우리 모두의 꼬리였어.

이미라   내 계산으로는 나눗셈을 한참 잘못한 것 같은데?

송기태   수학공식으로 풀 문제가 아니잖아? 동지들 간 의리와 양심의 공식으로
          풀어야지.

이미라   (미음그릇 팽개치듯 내려놓고) 그런 공식이 어딨냐?
          암튼 그건 나중에 따지기로 하고, 이거 먼저 짚어보자.

송기태   뭘?

이미라   그 꼬리를 어떤 년한테 홀랑 갖다 바쳤다던데? 방송에 나온 거 보니까,
          그년이 꼬리 맛에 홀려가지고 농성장에도 찾아가고 그랬다며?

송기태   그거 다 가짜뉴스야. 미래일보 태 기자가 쓴 기사만 진짜라고 보면 돼.

이미라   이젠 태 기자도 못 믿겠어. 황보경 그년이 그렇게 주장하던데 뭐.
          (휴대폰으로 검색한 동영상들 보여주며) 인터넷에 그년 동영상이 쫙 깔
          렸어.
          심지어 꼬리가 자기 거라고, 돌려달라고 지랄하고 있어.

195

보경, 불쑥 등장한다.

황보경 바이오 레벌레, 쌍놈들아아아아아~! 꼬리 내놔. 내 꺼야, 내 꺼라고.

기태 오빠, 사실대로 말해. 그거 내 꺼 맞잖아. 나한테 줬잖아.

송기태 (보경 쳐다보다 침대에 얼굴을 푹 묻고) 저 미친년. 내가 못살아. 쪽팔려서 진짜….

경찰 등장, 보경과 쫓고 쫓기는 추격전을 벌인다.

두 사람 퇴장하고,

이미라 어디 좀 봐. (기태 엉덩이 더듬는다) 이제부터 이건 내 꼬리야.

나한테 우선권이 있는데 왜 그년 구멍에 먼저 처넣고 지랄이야.

송기태 어, 어, 이러지 마. (두 손 들어 가위표 만들고) 현애엄마, 우리 짐승은 되지 말자.

이미라 (손바닥으로 기태 얼굴 찰싹 찰싹 갈기며) 왜? 왜 그년은 되고 난 안 되는 건데?

자존심 상해서 살 수가 없어요, 내가. 어디 한번 만져보기라도 하자.

송기태 야! 넌 남편이 쥐새끼가 돼버린 걸 꼭 눈으로 확인해야겠냐?

가서 기다려, 현애엄마! 꼬리 떼고 온전한 사람이 돼서 돌아갈게.

이미라 안 그래도 돼. 집에 올 때 꼭, 꼬리 달고 오라고. 약속해.

송기태 알았어. 약속할게. (미라를 꼭 끌어안는다)

이미라 이거 놔. 놓으라고. (계속 조른다) 보자. 한 번만 보여주라. 보기만 할게.

암전.

불이 켜지면, 기태가 발가벗은 채 병원 회복실 바닥에 웅크려 있다.

병상침대에 누워있는 정 대표, 그 옆 보조의자에 앉아 졸고 있는 재우.

기태, 꼬리 움켜쥐고 손에 힘을 가한다. 무섭게 요동치는 꼬리, 처절한
생존의 몸부림이다.
발갛게 달아오른 기태의 얼굴, 땀이 흥건하다.
기태 고통스러워하며 꼬리를 뽑는 데 전력을 다한다.

정 대표 입에서 흘러나오는 신음, 잠꼬대하듯 "안 돼, 안 돼…"
중얼거리는 정 대표.

기태, 단말마의 비명 내지르며 꼬리를 뽑아낸다.
뽑혀 나온 뿌리에서 뚝뚝 떨어지는 핏방울. 꼬리가 손에 잡힌 장어처럼
꿈틀거린다.

순간 정 대표가 벌떡 상체를 일으키더니 산소마스크 벗고,
팔뚝에서 주사바늘을 뽑아버린다.

정금단   (침대에서 내려서다 재우 발견하고) 류 비서, 너 이 새끼! 당장 일어나지
못해!

퍼뜩 잠에서 깬 재우, 정 대표를 보고 발딱 일어선다.

류재우   대표니임! 살아나신 겁니까? 살아나셨어요? 이게 설마… 꿈은 아니겠
죠?
정금단   입 닥치고 얼른 움직여. 송기태 병실로 가자.
류재우   거긴 왜…?
정금단   닥치고 부축이나 하라니까!
류재우   예, 대표님.

두 사람이 송기태 병실에 들어섰을 때, 기태는 이미 기절해버린 상태다.

정금단   이 쥐새끼 같은 놈이 무슨 짓을 한 거야?

             (재우 노려보며) 넌 뭐 한 거야? 여길 지켰어야지.

류재우   여긴 통제구역이라….

정금단   당장 담당의사 불러오고, 프랑켄 박사도 호출해.

암전.

어둠 속에서, 황급히 달려오는 간호사와 당직의사의 발걸음소리 들린다.

3막

1장. 실험실의 포르노

닥터 프랑켄의 실험실.

수술용 침대에 엎드려 누워 있는 기태. 꼬리의 뿌리 부위에

깁스를 하고 있다.

정 대표와 닥터 프랑켄이 의자에 나란히 앉아 기태의 말을 듣고 있다.

송기태   꿈이었을까요? 분명 제 손으로 직접 꼬리를 뽑아냈단 말입니다.

프랑켄   그럴 뻔했지. 다행히 뼈가 골절되는 선에서 끝났지만 말일세. 천만다행

             이지 뭔가.

정금단   내가 발견하지 못했음 어쩔 뻔했어? 당신이 무슨 짓을 저지른 줄 알아?

송기태   (정 대표 바라보며 안도하는 표정) 거듭 말씀드리지만, 살아나주셔서 고

             맙습니다.

정금단	지금 그 얘기 하고 있는 게 아니잖아! 됐고. 왜 그런 짓을 한 거야?
송기태	견딜 수가 없었습니다. 보경인 그렇다 치고, 마누라까지 꼬리에 환장하는 걸 보니.
프랑켄	그게 인간일세. 얼마나 인간적이냐 말야.
송기태	그렇게 끝나야 한다고 생각했어요. 그래야 마땅하다고.
정금단	계약에 따라 이미 지불된 50억을 너무 가벼이 여기는군요. 계약 위반하면 어떻게 되는 줄은 알지?
송기태	두 배로 배상해야 하는 걸로 알고 있습니다.
정금단	맞아. 보상이 배상으로 역전돼버리는 거지. 아는 놈이 그런 짓을 해?
프랑켄	어리석은 짓이었어.
정금단	이제 당신 꼬리는 우리 회사 자산이야. 맘대로 훼손하고 그럼 안 된다고. 명심해.
프랑켄	이놈을 뽑는 데 실패한 이유가 뭐라고 생각하나?
송기태	망할 놈이 완강하게 저항하더군요. 굉장한 몸부림이었습니다.
프랑켄	본능이지. 살려고 하는 의지, 욕망. 아름다운 본능이야. 자넨 꼬리의 그 아름다운 본능을 배워야 해. 자네 삶이 새롭게 시작되려는데, 왜 죽음을 자초하려 하나?
송기태	죽으려고 했던 게 아닙니다.
정금단	이 사람이… 하마터면 죽을 뻔했잖아?
송기태	떳떳하게…
프랑켄	떳떳하게 죽고 싶었단 말인가?
송기태	떳떳하게 살고 싶어서였겠죠.
정금단	좋아. 우리와 함께 가면 돼. 그게 기태 씨가 사는 길이야. 떳떳하게….
송기태	이제 저는 어떻게 되는 겁니까? 이 황당무계한 꿈에서 언제쯤 깨날 수 있죠?
프랑켄	우리와 함께 신화를 써나가게 될 거야.

정금단	꿈이 현실이 되는 거지.
프랑켄	우린 자네 스토리를, 우리 프로젝트를 신화적으로 완성하고 싶네.
송기태	추악한 신화가 될 수도 있지 않을까요?
프랑켄	어허~ 이거 또 왜 이러시나….
송기태	우리가… 우리 인류가 이런 걸 받아들일 필요가 있을까요? 내 말은 그러니까…
	여기서 그만, 멈춰야 하지 않을까….
프랑켄	이제 와서 그럴 수 있다고 생각하나? 이렇게 멀리 와버렸는데?
정금단	이봐요, 송기태 씨! 우린 지금 폭주열차를 타고 전속력으로 질주하고 있는 거야.
	여기서 멈췄다간 다 같이 공멸하고 마는 거지. 흥분되지 않아요?
프랑켄	흥분되고말고. 압도적인 운명의 그림자… 그런 게 바로 신화의 조건 아니겠어?
정금단	이제 박사님 손에 달렸어요. 맘껏 달리세요.
	어떤 추악한 짓을 해서라도 반드시 성공시키셔야 합니다.
	전 죽다 살아나기까지 했어요

비장한 얼굴로 고개 끄덕이는 닥터 프랑켄.
서글픈 운명을 받아들이듯 스르르 고개 숙이는 송기태.

암전.

닥터 프랑켄의 실험실. 성매매업소를 연상케 하는 조명이 실험실을 밝힌다.
안에 설치된 각종 실험용 기기와 킹사이즈 침대가 핑크빛 조명 속에서
기괴하면서도 야릇한 분위기를 풍긴다.

침대 주위에 의자 대여섯 개가 늘어서 있고,
침대 옆에 서서 대기하고 있는 닥터 프랑켄.

정 대표가 새로운 투자자들을 안내하며 들어선다.
일행 중에 태 기자도 보인다.

프랑켄 (반갑게 악수 건네며) 단독특종 축하해, 태 기자.

태기자 (악수 무시해버리고) 이게 대체 무슨 짓거리예요? 무슨 수작이냐고!

프랑켄 어허, 수작이라니. 우리 태 기자, 성깔 여전하시네.

태기자 왜 송기태 씨를 못 만나게 해요? 감금하고 있는 거 아닙니까?

프랑켄 큰일 날 소리… 우리가 무슨 범죄 집단도 아니고.

실험에 집중하기 위해 활동을 제한하고 있을 뿐이야.

그래서 태 기자를 특별히 오늘 초청한 거잖아.

지금 여기에 언론사 기자는 태 기자가 유일해.

이거 우리로선 굉장한 특혜를 베풀고 있는 거라구.

태기자 하늘 좀 보고 사세요.

프랑켄 하늘이야 항상 우러러 보지. 단, 과학적 진보의 눈을 통해서.

태기자 결국 박사님 연구는 인간에게 동물적인 쾌락을 제공하는 데 기여하고 있잖아요?

프랑켄 이 나라도 더 이상 마약 안전지대가 아니라는 것쯤은 태 기자도 알 거야.

태기자 뜬금없이 여기서 마약 얘기가 왜 나와요?

프랑켄 왜 자꾸 마약중독자들이 늘어만 갈까.

태기자 (빈정거리듯) 그런 문제까지 관심 갖고 계신 줄은 몰랐네요.

프랑켄 그동안 우리 인간이 누려온 온갖 쾌락이 흐물흐물 진부해져버린 탓이 아닐까?

이제 새로운 자극과 쾌락이 필요한 시대가 도래한 거야. 쾌락이 뭐가 나쁜가?

태기자 지저스 크라이스트 닥터 프랑켄!

프랑켄 오 맙소사! 내가 예수와 경쟁하고 있다고 생각해요?

오늘만큼은 차라리 가롯 유다가 되고 싶구만.

초청 손님들은 이미 자리를 잡고 기대에 찬 눈길로 침대
주변을 두리번거리고 있다.
다들 호기심어린 표정. 그들 중 몇몇은 못마땅하다는 듯 태 기자에게
눈총을 보낸다.
정 대표가 얼른 진행하라고 프랑켄 박사에게 손짓한다.
고개 끄덕이는 프랑켄.

프랑켄   (태 기자에게)다음 기회에 또 얘기합시다.
(투자자들 앞에 서서)자, 우리 바이오 레볼루션을 방문해주신
투자자 여러분을 환영합니다. 곧 이 자리에서 펼쳐질 판타스틱 섹스 이
벤트는 여러분을 위해 특별히 준비한 쇼 케이스입니다.
부디 특별하고 황홀한 경험이 되시기 바랍니다.

"뮤직 큐!" 닥터 프랑켄이 감독처럼 큐 사인을 날리며 외친다.
일행 뒤편 벽에 걸린 스피커에서 음악이 울려 퍼진다.

'오 베이비! 예~ 우~!'

톰 존스가 부르는 섹스 밤(Sex Bomb)이다.
음악에 맞춰, 붉은 가운을 걸친 기태와 춘희가 관람객들 앞에
모습을 드러낸다.
필로폰이라도 투약했는지 두 사람 다 눈동자가 몽롱하게 풀려 있다.
두 사람, 가운 벗고 나체 상태로 침대에 오른다. 마주보고 누운 채 키스한다.
꼬리가 구물구물 춘희의 허벅지를 더듬어가면서 더 깊은 곳으로 파고든다.
순간 춘희가 꼬리를 덥석 잡고 자기 안으로 밀어 넣는다. 그녀의 입에서
흘러나오는 신음.
지켜보던 일행 중 한 명이 "브라보!"를 외친다.

요란한 환호성과 함께 터지는 박수소리.

태기자 (구경꾼들에게) 야만인! 이 괴물들아!

낄낄거리는 구경꾼들,
분노에 찬 태 기자의 목소리는 구경꾼들의 빈정거림과 환호 속에 묻혀버린
다.
춘희의 신음 높아가는 가운데,
음산하면서도 그로테스크한 느낌을 전해주는 바이올린 선율이 흘러나온다.

침대 위 천장에서 커튼으로 된 막이 내린다.
자리에서 일어나는 구경꾼들. 어느새 그들 이마에 혹처럼 돋아난 뿔.
다들 당황하며 이마의 뿔을 손바닥으로 가리고 급히 퇴장한다.

장호가 철탑에서 내려오고 있다. 바지 엉덩이 부위에 불룩하게
솟은 꼬리의 흔적.

암전.

2장. 앞질러 와버린 미래 또는 머나먼 과거

닥터 프랑켄의 실험실. 기태가 침대에 누워 있고,
프랑켄과 춘희가 실험에 열중하고 있다.

송기태 (지친 기색) 언제까지 이 짓을 계속해야 합니까?
프랑켄 어허, 집중해주게. 자네 꼬리뼈의 신경 메커니즘이 어떤 회로로 연결되
어 있는지 하루빨리 그 비밀을 밝혀내야만 해.

송기태   지겹네요. 차라리 동물원으로 보내주세요.

> 그때 문이 벌컥 열리고, 한 여자가 들이닥친다.
> 20대 초반으로 보이는 여대생.

프랑켄   자네 뭐야? 누가 들여보냈나?

오춘희   (여자 막아서고) 나가세요. 여기 함부로 들어오면 안 돼.

여자   (냉큼 스커트 걷어 올리더니 엉덩이 돌리며 돌아선다) 제 꼬리 좀 봐주세요.

> 춘희, 여자의 엉덩이에 돋아난 꼬리 발견하고 얼결에 세게 잡아당겨본다.
> 여자가 펄쩍 뛰며 냅다 비명을 내지른다. "아이얏!"

오춘희   이, 이건… 박사님! 이것 좀 보세요.

프랑켄   (새로운 꼬리에 눈을 희번덕거리며 일어선다) 그, 그 꼬리는….

여자   그래요. 저는 하이에나랍니다. 진짜 하이에나 꼬리예요. 이 꼬리를 제공하겠어요.

저는 등록금 정도만 주시면 돼요. 제발요. 제 꼬리를 써주세요.

저는 하이에나라구요. 저 천박한 쥐꼬리하고는 비교도 안 되죠. 격이 달라요.

> 이때 "나도 있다!" 외치며 들이닥치는 배불뚝이 사내.
> 취한 듯 비틀거리며 바지 내리고 엉덩이 들이댄다.
> 뭉텅 잘려나가 손가락 길이로 남은 돼지꼬리가 사내의 엉덩이에서 대롱거린다.
> 춘희가 꼬리를 덥석 잡아 늘이자, 사내가 돼지처럼 꽥, 하고 운다.

오춘희   오오, 돼지다! 진짜, 진짜 돼지꼬리가 맞아요, 박사님. (기괴하게 일그러

지는 표정)

프랑켄   (하이에나와 돼지의 꼬리 번갈아보다 뭔가 예감한 듯) 춘희야! 우린 망했
다.
(스르르 주저앉으며) 망할 놈의 꼬리가 우릴 앞질러버렸어.

송기태   (두 꼬리인간을 보고) 아주 꼴좋게 됐구나, 빌어먹을 세상아!
결국 사람과 짐승의 경계가 무너지고 말았어. (발작적인 웃음)

프랑켄   (허, 허, 공허한 웃음, 자조적인 목소리) '자신이 지혜롭다는 오만에 차있
지만 사실은 얼마나 무지한 위인인가!'

춘희, 엉덩이가 가려운 듯 긁적거린다.
당혹스런 표정, 스커트 들춰 올리면 어느새 그녀의 엉덩이에도
꼬리가 돋아나 있다.

송기태   (침대에서 내려서며) 이거 완전히 동물의 왕국이구만.
어이, 하이에나 아가씨! 그리고 돼지꼬리 동지! 아니, 동족이라고 해야
하나?
이거 상황이 좀 거시기한데, 어쨌든 만나서 반갑소.
다들 모이세요. 춘희동지도 이리 오시라요.

춘희 합류하고, 모든 출연자들이 각자의 꼬리를 달고 무대 곳곳에서
달려 나온다.
약속이라도 한 듯, 다른 사람의 꼬리를 잡고, 잡고, 잡으며
모든 배우들이 꼬리와 꼬리로 연결된 거대한 원을 이룬다.

다들 꼬리를 부여잡고 신음한다. 온힘을 다해 꼬리를 당겨보지만
뽑히지 않는 꼬리들.
짐승의 울부짖음으로 변해가며 고조되는 신음….

-막-

* 메리 셸리 < 프랑켄슈타인 > 3권 6장에서 인용

총과 바이올린

2019년 7월 5일 1판 1쇄 펴냄

지은이   태기수
펴낸이   김성규
편집   김은경 이계섭
디자인   김동선
펴낸곳   걷는사람
주소   서울특별시 마포구 월드컵로 16길 51 서교자이빌 304호
전화   02 323 2602
팩스   02 323 2602
등록   2016년 11월 18일 제25100-2016-000083호
ISBN   979-11-89128-43-2

979-11-89128-30-2 [04810] 세트

*이 책은 경기도, 경기문화재단, 한국문화예술위원회의 문예진흥기금을
보조받아 발간되었습니다.

*이 책 내용의 전부 또는 일부를 재사용하려면 반드시 지은이와 출판사의
동의를 얻어야 합니다.

*잘못된 책은 교환해 드립니다.

*이 책의 국립중앙도서관 출판시도서목록(CIP)은 서지정보유통지원시스템 홈페이지
(http://www.seoji.nl.go.kr)와 국가자료공동목록시스템 홈페이지(http://www.nl.go.kr
/kolisnet)에서 이용할 수 있습니다. (CIP제어번호:2019025388)